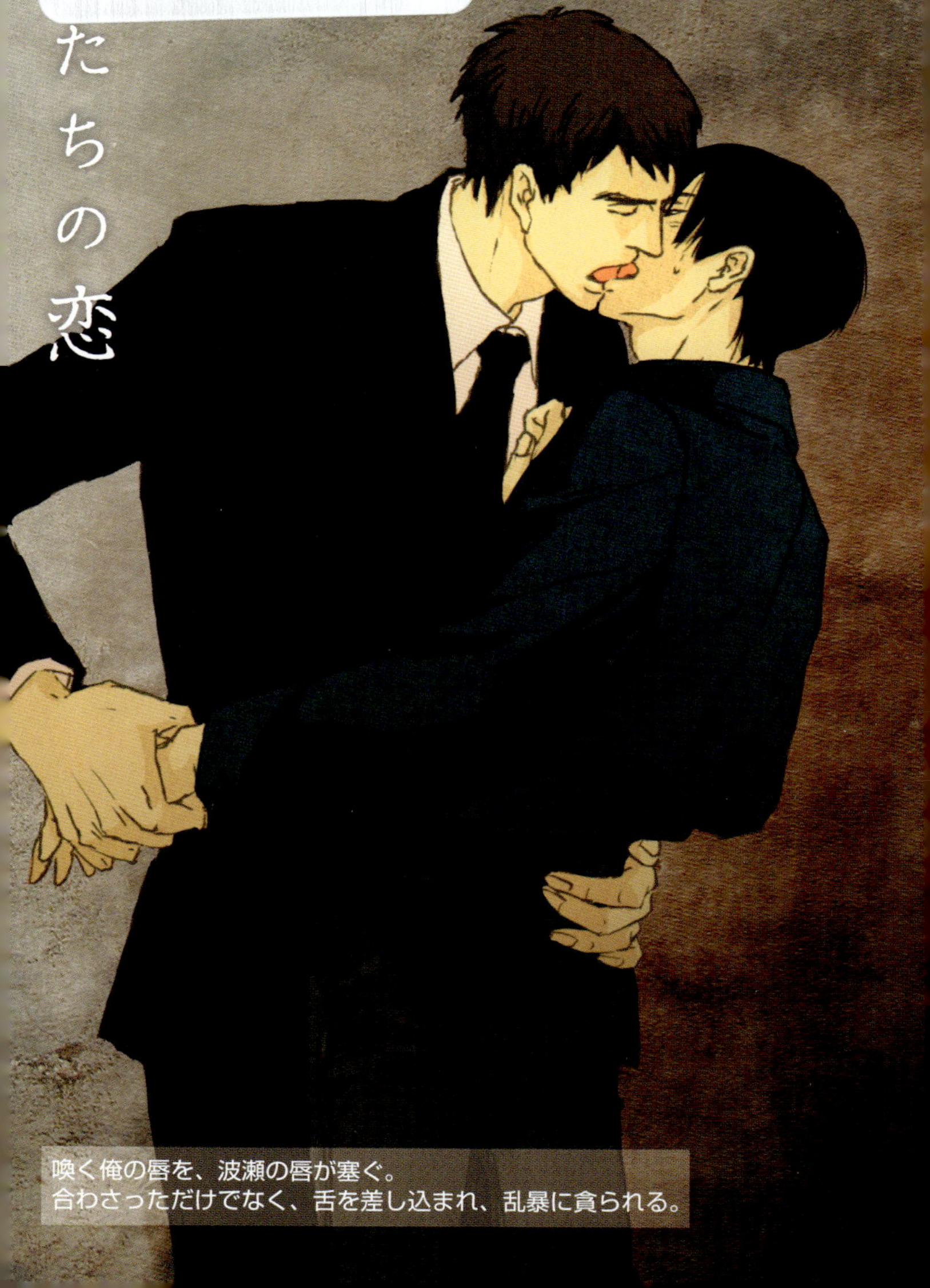

たちの恋

喚く俺の唇を、波瀬の唇が塞ぐ。
合わさっただけでなく、舌を差し込まれ、乱暴に貪られる。

罪人《とがびと》たちの恋《こい》

火崎《ひざき》 勇《ゆう》

ILLUSTRATION
こあき

罪人《とがびと》たちの恋

母親に、自分の父親が誰《だれ》なのか、どこにいるのか聞いたことはなかった。

ただ、水商売をしていた母が、酔い潰《つぶ》れた時、俺《おれ》を抱き締めて「あんたは私《わたし》に似てよかったわ」と零《こぼ》すのを聞いて、母さんは俺の父親が好きではないのかも知れないと感じていた。

もし好きだったなら、きっと自分の中にどこか父親と似たものを探しただろう。

こんな人だったのだとか、こんな思い出があったのだと、俺に語っただろう。

でもそういうことはなかったので、俺は自分の父親について何も知らなかった。

知っているのは、母さんの昔勤めていた店の客であったことと、年配の人だったことと、俺が成人するまでの分として結構なお金を出してくれたということぐらいだった。

もっとも、その金は中学までで使い果たし、高校に入ってからは母の稼ぎとアルバイトで賄っていたのだが…。

そんな父親の謎《なぞ》は、もう永遠にわからなくなってしまった。

「景一《けいいち》くん、そろそろ葬儀屋さんが来るけど支度大丈夫？」

アパートの隣の部屋の市川《いちかわ》のおばさんが、ひょいっと顔を覗《のぞ》かせる。

「はい。もう大丈夫です」

俺は高校の制服に身を包み、市川のおばさんに笑いかけた。

「じゃあ、会場の方に来てね」

「はい」

それだけ言うと、おばさんは出て行った。

いい人だ。

おばさんは、子供の頃《ころ》からずっと母が仕事に出ている時に俺の面倒《めんどう》を見てくれていた人で、まるで親戚《しんせき》のようなお付き合いをしていた。

だから、今日の葬儀でも自ら手伝いを買って出てくれた。

そう、今日の母さんの葬儀の。

父親の秘密を告げることなく、母は逝《い》ってしまった。

いつものようにお店に向かい、酔って帰って来る時に車に轢《ひ》かれたのだ。

事故は轢き逃げで、母さんを轢いた人がその場から逃げ出してしまったせいで、発見が遅れた。

発見された時には、すでに手の施しようがない状況で、俺が病院へ駆けつけた時にはもう息を引き取っていた。

犯人は今も捕まっていない。

「高校…入ったばっかりだったけど、辞めなきゃなぁ…」

俺はもう一度控室の鏡を見た。

まだ身体《からだ》に馴染《なじ》んでいない制服。

中学の時は学ランだったが、今のはエンブレムの付いたブレザーで、これに初めて袖《そで》を通した時、母さんはとても喜んでいた。まるでアイドルみたいだって。

アイドルは言い過ぎだけど、自分としてもとても気に入っていた。

あまりゆとりのなかった自分の生活の中で、これが一番いい服だったから。

学生服でなら天皇陛下にだって会えるのよ、とその有効性を述べていた母の得意げな顔を思い出す。

天皇陛下はどうだかわからないが、少なくとも喪服には使えた。

もしかしたら、制服を着るのはこれが最後かも知れない。

そう思うと愛《いと》しさはひとしおだった。

だが何時迄《いつまで》も浸っているわけにはいかない。

狭いアパートでは葬式ができないからと、近くの集会場を借りて行う葬儀にはスケジュールが決まっているのだ。

俺は深呼吸を一つして、控室のドアを開けた。

病院で、泣くだけ泣いた。

今日は自分が喪主なのだからしっかりしなくては。

集会所にはもう既に人が沢山集まっていた。

白い花に飾られた化粧した母さんの写真。そちらへ向いて並べられたパイプ椅子《いす》。壁にぐるりと張られた白黒縞《じま》の幕。そこに集う黒い服の人々。

ああ、葬式なんだなぁと、他人事のように思ってしまった。

どこかで心を切り離していないと、また泣いてしまいそうだ。

「景ちゃん」

その黒い人の群れの中から、一人の女性が近づいてきた。

これでも彼女にしては抑えた方の、それでも濃い化粧をした年配の美人。

母さんが勤めていた店のママだ。

「花梨《かりん》ママ、来てくれたんだ」

近づくと、彼女からは香水の匂《にお》いがした。

化粧品の匂いかもしれないが、母さんと同じ匂いだ。

「当たり前じゃないの。優香《ゆうか》ちゃんとはあんたが生まれる前からの付き合いなんだから」

「でも今夜もお店、あるんでしょう？」

「そんなこと気にしなくていいのよ。葬式の方はちゃんとできるの？　困ったことない？」

「大丈夫、隣のおばさんがやってくれるから」

「ああ、受付にいた太った人ね」

「市川さんって言うんだよ」

「そう。…で、あんたこの後はどうするの？　学校入ったばっかりでしょう？」

「うん。でも辞めなきゃ。お金もないし」

「うちで雇ってあげられればいいんだけど…、未成年じゃあねぇ…」

「大丈夫、何とかなるよ」

「でも蓄えもそんなにないんでしょう？　住むところは？」

「大家さんがそのまま住まわせてくれるって言うし、家賃も暫《しばら》くは何とかなると思う。その間に仕事を探すよ」

「私もそんなに金持ちってわけじゃないけど、何かあったらすぐに相談に来るのよ？」

「うん、ありがとう」

ママの姿を見つけて、お店の他《ほか》の女の子達《たち》も集まってきた。

「景一くん、大丈夫？」

「景ちゃん、大変だったね」

皆が口々に慰めの言葉を口にしている時、集会所の前に黒塗りの車が停《と》まった。

車種はわからないけれど、外車っぽい大きさに、俺はお坊さんが来たのかと思った。

「ごめん、お寺さんが来たみたいだから、ちょっと待っててください」

初夏の暑さを避けるため、開け放したままにしていた集会所の戸口に向かって、一人歩きだす。

葬儀屋さんが来てると言ってたけれど、呼んだ方がいいのかな？　それとも、市川のおばさんを呼んだ方がいいのかな。

そんなことを考えながら車に近づくと、ドアが開いて、とてもお坊さんには見えない二人の若い男が中から姿を現した。

背の高い、黒いスーツに身を包んだ二人の対照的な男。

一人は、背中を少し丸め、肩にかかる長い髪が軟派なイメージの男。もう一人は背筋の伸びた、体格のいい堅物っぽい感じの男。

どちらも所謂《いわゆる》イケメンではあるが、サラリーマンや、ましてや寺の関係者には見えない。

「随分ちっさいトコだなぁ」

「現場に着いてるんだ、口を、慎め」

「へイへイっと…」

どうやら中身も見かけと同じらしい。

俺は集会所の入り口から、彼等《ら》に向かって声をかけた。

「あの…、お寺の方ですか?」

「俺らが？　違う違う」

軟派な方が笑って顔の前で手を振る。

「あの…、どちら様でしょうか？　母のお知り合い…?」

にしては若過ぎる気がするのだけれど…。

「君は、信田《しのだ》景一くん?」

堅物っぽい男が俺の名を口にした。

「…はい」

と答えると、二人は黙ったまま顔を見合わせた。

笑っていた軟派な男も、顔に浮かべていた笑みを消す。

そして俺の前まで連れ立ってやって来ると、堅物の方が口を開いた。

「私は波瀬《はぜ》と申します。こっちは大滝《おおたき》。我々はあなたのお父様《とうさま》に命じられて、あなたをお迎えに参りました」

胸に手を当て、揃《そろ》って深々と頭を下げる。

それはまるでお芝居か何かのようだった。

「父親…？　生きてるんですか？」

「何にも知らないの？」

「大滝」

軽口を叩《たた》く軟派な男、大滝を一喝して堅物の波瀬が前へ出る。

「お母様からお話は？」

「…母は、父に関して何も言ってくれませんでした」

「そうですか。あなたのお父様はもちろんご存命です。今回のことで景一さんがお一人になると聞き、自分の手元に引き取りたいとおっしゃってます」

「引き取る…？」

「はい」

「でも今日は来てないんですよね？」

「自分は遠慮した方がいいだろうということで」

父親…。

どんな人なのかと想像を巡らせたこともあった。いつか自分達を迎えに来てくれるのではないか、会いたいと連絡をくれるのではないか、と。

けれどどうして今なのか。

母さんは一人でずっと苦労していたのに。

男達が乗って来た車はどう見たって安い物ではない。彼等が『命じられた』というからには人の上に立つ人なのだろう。

それなのにどうして…。

そう思うと喜びより怒りの方が先に立った。

「今更そんなこと言われても…。迎えに来るなら、どうして母さんの生きてるうちに来てくれなかったんですか」

「お母様との約束だったそうです」

「約束？」

「自分達にはかかわってくれるな、と」

「母さんが言ったんですか？」

「はい」

「何故《なぜ》?」

「お母様は、お父様の職業を嫌っていたので」

「父さんの職業? それって…?」

二人はまた顔を見合わせた。

だが二人が口を開く前に、市川のおばさんが俺を呼びに来た。

「景ちゃん、お客様と話してるところ悪いんだけど、葬儀屋さんがお話したいって」

「あ、はい」

「景一さん。この話は葬儀の後にしましょう。今はあなたも忙しいでしょうし、人目もある。何も知らないのでしたら、ゆっくり説明しないとならないでしょうし」

「後って、葬儀の後ですか?」

「我々は末席で参列させていただきます」

「それはいいですけど…」

「ではどうぞ、今はご葬儀を優先させてください」

「…わかりました」

自分も混乱していたので、素っ気なく彼等に背を向けた。

父親だなんて。

どう対処すればいいのか。母さんが会いたくないって言ってたなんて初耳だ。第一彼等は何者なのだろう。父親の使いみたいなことを言っていたけれど、父親は会社か何かやってる人なのか？

もやもやとした心のまま、俺は葬儀屋に会った。

だが、悲しみと今の出来事で頭が上手《うま》く働かなかった。

「葬儀の次第はこちらになります。お花の方は、先ほどの市川様にお任せしてよろしいですか？」

「はい」

「景ちゃん、自治会長さんが来たわ。葬儀屋さんのこと、やってくれるって」

「この度は…。景一くん、君は会場の方に行ってなさい。おじさんが後はやっておくから」

「はい」

「景ちゃん、石川《いしかわ》さんもいらしたわよ。あと、学校のお友達」

「あ、今行きます」

「信田、大丈夫か？」

目まぐるしく目の前に立つ人が変わる。

誰が何を話しかけてきてくれるのか、曖昧《あいまい》で理解できない。

皆が口々に自分を心配してくれて、母親がいなくなったことを嘆いてくれる。

けれど、どこか他人事のようで、心が空っぽになってゆく。

そうこうしている間に、お坊さんがやって来て、葬儀は始まってしまった。

俺は喪主として最前列に座り、長い読経を聞き、人々の涙の挨拶《あいさつ》を受けた。

だが気づけば視線は会場の後ろに座る二人の男に向いてしまった。

大滝と波瀬…。

大滝さんは退屈そうにきょろきょろとしていたが、波瀬さんはじっと俺を見ていて、何度か目が合ってしまった。

彼等は自分にとってどういう関係の人になるのだろう？

いや、そもそも父親とどういう関係なのか、彼等自身はどういう繋《つな》がりなのか。

ああ、母親が亡くなったことを思うより、こっちを考えている方が頭がはっきりする。

一番考えたくないことから逃げていると言われればそれまでだが、今は逃げることも許されるだろう。

俺はしっかりと顔を上げ、波瀬さんの視線を受けながら、喪主としての務めを果たした。

読経が終わると、ありがたい説話が始まり、それが終われば葬儀は終わる。その後は出棺で、俺は母さんの遺影を持って霊柩車《れいきゅうしゃ》のリムジンに乗り込んだ。

母さんには親戚もいなかったので、位牌《いはい》は花梨ママが持ってくれた。

俺が知る限り、一番母さんと長い付き合いの人だったので。

例の二人は、斎場には付いて来なかった。

俺が斎場に行ってる間にいなくなったりしないだろうか、と一瞬不安になったが、それならそれでもいいと思えた。

「花梨ママ、俺の父さんって誰だか知ってる？」

二人が付いて来なかったので、斎場の待合室でママに訊《き》いてみると、彼女は少し顔を曇らせた。

「…気になるの？」

「って言うか、さっき父親の使いの人が来た」

「稲沢《いなざわ》の？」

「稲沢って言うの？」

彼女はあからさまにしまったという顔をしたが、すぐに気持ちを切り替え、僅《わず》かな説明をくれた。

だがそれは、短いけれど的確な説明でもあった。

「…そうよ、稲沢啓一郎《けいいちろう》。ヤクザの組長よ」

「え…？」

それが俺が父親の名前を初めて知った瞬間だった。


「そうです。あなたの父親は稲沢啓一郎、金虎会《きんこかい》というヤクザの組長です」

母をお骨にして戻った集会所に、彼等はまだ残っていた。

葬儀の終了で集会所は元の姿に戻され、追い出されてしまった彼等は車の傍らでタバコを吸って待っていた。

そして俺が戻ると、取り敢《あ》えず一緒に来て欲しいと俺を車に乗せた。

断ることも出来たのだが、父親の顔が見たいという誘惑には勝てず、俺は母の骨壺《こつつぼ》を持ったまま彼等に従った。

「俺らもあんまり詳しい話は知らないんだけど、親父《おやじ》は坊やを引き取るつもりらしいぜ」

ハンドルを握る波瀬は堅苦しい喋《しゃべ》り方だが、助手席に座る大滝の方は、後ろを振り向きながら軽口を叩く。

俺は母を抱き締めたまま、後部座席で彼等の話を聞いていた。

「坊やとか言うな、組長の息子さんだぞ」

「まだそうなるって決まったわけじゃない。この子にだって選ぶ権利はあるさ。なあ？」

と言われても返事もできない。

状況が未《いま》だに把握できていなかったから。

「ヤクザなんて、関係なく生きてきたんだろう？　だったら金だけ貰《もら》って逃げた方がいいかもよ？」

「大滝」

「本当のことじゃん。ヤクザなんて、好きでやってる者以外にはキツイ商売だよ」

「…大滝さん達は好きでやってらっしゃるんですか？」

俺が問いかけると、大滝は笑った。

「好きって言うか、ここしか居場所がねぇんだよ。俺も波瀬も、身内もいねぇしな。と、坊やももう一緒か」

「大滝」

デリカシーという点でも、二人は大きく違うらしい。

「ま、計算高くてごうつくじゃあるが、金は持ってる父親だぜ」

「そうなんですか？」

「ああ。だが今の時代、金を稼ぐ力がねぇとヤクザもやってらんねぇからな」

「あの…。その稲沢って人には奥様がいらっしゃるんですか？」

その質問に答えたのは波瀬だった。

「いらっしゃいます」

「その人が正妻さんで、うちの母親は愛人だったんですね？」

「そうなります。ですが、姐《あね》さんは今病院に入院していて、家にはいらっしゃいません」

「ご病気なんですか？」

「はい」

「俺に兄弟は…？」

「お一人お姉様がいらっしゃいますが、既にご結婚なさって家を出ています」

姉さん…。

「ああ、言っとくけど、親父の息子になっても、組が継げるわけじゃないぜ。ヤクザの世界ってのは色々シキタリがあるんだ。外からちょろっとやって来たガキが跡目を継ぐなんて簡単な話じゃないからな」

「大滝。口を慎め」

「何でだよ。ちゃんと言っといた方がいいだろ？　この子は昨日までこんな世界とはかかわりあいがなかったんだ。知識があるわけじゃない。何にも知らずに飛び込ませるのは可哀想《かわいそう》だろ？」

「む…、それはそうだが」

「知りたいことがあったら俺達に訊きな。今なら何でも答えてやるぜ」

「何を訊けばいいのかもわかりません」

「それもそうか」

車はずっと西に向かって走り続け、閑静な住宅街を抜けて大きな屋敷の前で曲がった。

テレビの中でしか見たことのない、巨大な日本家屋。

大きな門柱の間からその屋敷までの間には、車回しのスペースもある。

ここが父親の家？

「さ、やっと着いた。降りな、坊ちゃん」

言われるまま車を降りたが、学生服の俺はここの雰囲気にはそぐわなかった。まるで異世界に落ちたマンガの主人公みたいな気分だ。

「こちらへ」

二人に招かれ、正面の大きな玄関から中へ入る。

沓《くつ》脱ぎの大きな石が置かれた広い玄関、板張りの廊下。

行き交う人はなく、静かな家。

俺が知ってるヤクザのイメージは、雑居ビルにたむろする柄シャツを着た人相の悪い男達だったが、ここはそれとは違う。

大滝はアロハを着てればヤクザっぽく見えるだろうが、波瀬はガードマンみたいだ。

「組長、景一さんをお連れしました」

奥まった一室の座敷の前で、波瀬が中に声をかけた。

「おう、入れ」

襖《ふすま》越し、低い男の声が聞こえる。

「失礼いたします」

心臓の鼓動が、耳の奥で鳴り響く。

この中に、俺の父親がいるのだ。

歓迎されているのだろうか？　それとも身寄りがなくなったから仕方なく会ってやろうという気になっただけなのか。

母親のことをどう言うのだろう。

俺の存在をどう思っているのだろう。

考えるだけで目眩《めまい》がする。

「坊ちゃん、入れよ」

大滝に促されて足を踏み出す。

広い畳の部屋で、床の間を背に、恰幅《かっぷく》のいい初老の男が座っていた。

決してハンサムとは言えないが、人の上に立つ威厳というか重厚さのある男だ。

顔に刻まれた皺《しわ》が、俺を見た途端、くしゃっと歪《ゆが》んだ。

「おお、お前が景一か」

「おいで。ワシがお前の父親だ」

そして笑顔になった。

歓迎…、されてる？

「どうした？　早くこっちへ来い」

「坊ちゃん」

大滝が背中を押すから、ふらふらとその男に歩み寄る。

「母親からは何も聞かされていなかったそうです。ですから何も知らないようで」

波瀬の言葉に、男はうんうんと頷《うなず》いた。

「そうか…、優香はヤクザを嫌っとったからな。だがお前は優香にそっくりだな」

「…母さんを、覚えてたんですか？」

俺の問いに、男は当たり前だという顔をした。

「あれはいい女だった。しっかりしててなぁ、美人だった。それは優香か？」

男の目が、俺が手に抱えた骨壺を見る。

「はい」

頷くと、男は俺を手招きした。いや、俺達を、だ。

手の届くところまで近づくと、男は骨壺を渡せというように手を伸ばし、俺の手から奪った。

白い布張りの箱ごと抱き締め、愛おしむように上から撫《な》でる。

「こんなになってなぁ…。もっと早くにワシを頼ってくれればよかったのに」

それから俺を見て、座るように手を取った。

引っ張られて、彼の隣にペタンと腰を下ろす。

「お前も苦労しただろう。あれは気の強い女で、生まれて来る子供をヤクザにしたくないからと、ワシと別れたんだ。手切れ金は受け取ったが、以後の援助は断ると言って」

この人が父親…。

「生まれて来る子供には会いたかったが、ワシもお前のことを考えると縁を持たない方がいいのかも知れないと思ってずっと我慢しとったんだ。だが齢《とし》をとるとどうにも気になってなぁ、丁度お前のことを調べさせとったんだ」

「調べる？　俺達のことを？」

「ああ。もし困ってるなら援助してやりたいと思ってな。お前は高校生になったんだろう？　頭もいいそうじゃないか」

手がまた頭を撫で、頬《ほお》に触れる。

ごつごつとした手は温かかった。

病院で最後に触れた母親の冷たい手と違って。

「優香は身寄りのない女だった。あれが亡くなったなら、お前には身を寄せる先もないのだろう。どうだ？　お前がヤクザが嫌ならワシの籍には入らなくてもいい。だがこの年寄りと一緒に暮らさないか？」

したたかさの見える顔が、優しい目を向ける。

「お前ももう大きいから甘えてくれとは言わん。ただ一緒にこの家で暮らしてくれれば。ワシには女房と娘がいるが、今はもう二人ともこの家におらんでな。柄にもなく寂しいと感じとったんだ」

「…寂しいんですか？」

「帰る家に家族がいないというのは寂しいもんだ。これからはお前もそうなんだろう？　だったら、お互いその寂しさを埋めてみてはどうだ？」

家に帰っても誰もいない。

…そうだ。

もうこれからは誰も俺を迎えてはくれない。

あのアパートに住んでいても、母親が帰って来ることはないのだ。

もう俺に抱き付いてくる家族はどこにもいないのだ。

「俺が…、いると嬉《うれ》しい？」

「もちろんだ」

自分を望んでくれる家族がいる。

会わなかったのは、自分が必要ないからではなかった。

「父さんと思ってくれるか？」

母親のことも、疎まれていたわけでも嫌われているわけでもなかった。

そして今、『父親』は寂しいから俺に側《そば》に来て欲しいと望んでくれている。

「…おとう…さん？」

俺の呼びかけに喜びの笑みを見せてくれる。

「おお、そう呼んでくれるか」

「お父さん…」

口に出すと、実感がじんわりと湧《わ》いてきた。

この人が、俺の父親なのだ。

「お父さん…」

そう思った瞬間に、涙がぼろぼろと零れてきた。

もう誰にも頼ることはできない。自分がしっかりしなくちゃいけないんだ。これからは一人で生きていかなくちゃならないんだという緊張感から解き放たれたように涙が止まらなかった。

「優香には立派な墓を建ててやろうな。お前もここに移ってきなさい」

腕が俺を抱き締める。

その力は強く、今まで感じたことのない温《ぬく》もりだった。

男親に抱き締められたことなどなかったから。

「お父さん」

そう呼べる人も初めてだったから。


そうして、俺は稲沢の家に入ることとなった。

父さんは、母さんと約束していたからと俺を稲沢の籍には入れなかったが、それはヤクザにするつもりはないという理由でもあった。

自分の姓を名乗れば、きっと揉《も》め事に巻き込まれることになるだろう。だから信田のままの方がいいと。

それは生活の面でも言われたことだった。

稲沢の家は大きく、見かけは古い日本家屋のようだが、実際は新しく建てた家で、多くの部屋があり、そこに子分の人達も暮らしていた。

だが父さんはわざわざ俺のために離れを建て、裏口から出入りできるようにしてくれた。

これもヤクザの息子と言われないためだ。

そしてせっかく入学したのだからと高校もそのまま行かせてくれた。

俺としては、家の中では父親と一緒に生活できると思っていたのだが、子分達が変に気を回しても困るだろうと、母屋に近づくなと言われたのは寂しい気がしないでもなかった。

なので父さんとは殆《ほとん》ど会うことはできなかった。

父さんは会社を幾つか持っていて、その仕事も忙しいらしい。

代わって俺の面倒を見てくれたのは、波瀬と大滝、俺を迎えに来てくれた二人だった。

「あの親父が寂しいなんて、考えらんねぇよなぁ。あの人も人の子だったたってことかね」

「肉親の情はまた別なものだ」

「そうかなあ。俺は未だに母親が嫌いだけどね」

「誰もがお前と同じというわけじゃない」

大滝は、水商売の母親に虐待され、逃げ出すように不良になったそうだ。父親はおらず、俺と似た環境だ。

波瀬は病院の前に捨てられていた子供で、施設に育ち、両親の顔も知らないらしい。

共通しているのは、まだ子供の頃に街をうろつく不良になり、父さんに拾われたということだ。

だが、彼等の会話を聞いていると、拾ってくれた恩にも差があるようだ。

「景一はいい家庭に育ったんだぜ。俺なんか食い詰めて他に行くところがないからなぁ。寄らば大樹の陰って言うだろ？　稲沢の親父の下にいりゃあいい暮らしができる」

と言うのはもちろん大滝で。

「箸《はし》にも棒にもかからねぇようなガキを面倒見てくれたんだ。その恩は返したいと思ってる」

と言う波瀬と。

二人は全く違う。

けれど、彼等は同じ頃にここに来て、同じようにこの家で生活していたせいか、性格が違うのにとても仲がよかった。

齢も同じかと思ったが、それは大滝の方が一つ上らしい。波瀬の方が落ち着いてるのに。

「人生、ラクして儲《もう》かりゃ文句はないのにな」

「ヤクザの先行きは明るいものじゃない。色々考えないといけないことも多い」

と、生活の展望も面白《おもしろ》いほど別々だった。

勢い、俺の世話をしてくれるのは、面倒臭がり屋の大滝でなく真面目《まじめ》な波瀬の方だった。

父親は離れに近づかず、顔を合わせる機会もない。

抱き締めて息子の存在が嬉しいと語ってくれたのは最初の一週間ほどで、後はずっと別々の生活となった。

だが、学費は出してくれるし、好きなことはさせてくれるし、小遣いもそれまでの俺の生活からは考えられない驚くような額をくれた。

俺ももう大きくなったし、今更ベタベタされることを望んでいたわけでもないから、こんなものなのだろう。

むしろ、金銭的には何不自由のない生活だ。

これはこれで幸福なのだ。

でも、やはり寂しいと思う時はあった。

そんな時側にいてくれたのが波瀬だった。

「俺は子供の相手はヘタだ」

と言いながらも、毎日のように離れに来てはお茶を飲んだり、タバコを吸ったりして時間を潰していた。

大滝はサボるために時々顔を出したが、波瀬は忙しい時でも顔を出してくれた。

「お前のことを調べたのは俺だ」

時々思い出したように語る低い声。

「母親を助けて、バイトしながら高校に通ってるなんて、偉かったな」

抑揚のない喋り方は、耳に優しかった。

「俺は人生の道を踏み外したが、お前はまっとうな道を進むといい」

いつも仏頂面で、苦虫を嚙《か》み潰したような顔をしているのに、時折ふっと優しく微笑《ほほえ》むのが、嬉しかった。

大学へ進学することを決めた時、その資料を集めて相談に乗ってくれたのも波瀬だ。

「大学の善し悪《あ》しはわからん。だが行きたいところへ行けばいい。親父は金は出すと言ってるし」

「波瀬は大学行った？」

この頃になると、俺は二人を呼ぶ時に『さん』を付けなくなった。

「…行くわけがない」

二人も俺を景一と呼び捨てにした。

俺は稲沢の籍に入っているわけではないから、『坊ちゃん』はおかしいだろうということで。

「でも頭いいよね？」

「悪い」

真顔できっぱりと否定する。

「そんなことないよ」

知識があるという意味ではなく、回転が早いという意味で本当に頭がいいと思っているから言ったのに、彼は聞き入れなかった。

「頭はあれで大滝のがいい。目端が利く」

それどころか話題を大滝にすり替える始末だ。

どうやら波瀬は自分のことを褒《ほ》められることに慣れていないらしい。そういう不器用なところも、ほっとする。

この家は、いつもピリピリしている気がするから。

「そうなの？」

「あいつは数字にも強いしな」

「へぇ…」

「だがあいつも高校中退だ。景一がいい学校へ行って、いい生活を送るのを見るのは、俺達の夢のようなものだ」

「夢？」

この時、波瀬はふっと笑顔を見せた。

「俺達がなりたかったものを見ているような気持ちになる。…本当になりたいというわけじゃないんだが」

その言葉が本当かどうかはわからないけれど、それを聞いて自分のためだけじゃなく、彼等のためにも『いい子』になりたいと思った。

自分は恵まれているのだ。

愛されているのだ。

だからちゃんと生きよう。

父親のためにも、亡くなった母親のためにも、波瀬や大滝のためにも。

「将来何になるかも考えておいた方がいいぞ」

「将来ねぇ…。何になるのかなぁ」

「ここを出て行くという選択肢もある」

「でもそうしたら誰にも会えなくなっちゃうでしょう？　今でさえ、母屋には俺から足を運ぶことはできないんだから。それは嫌だな」

「呼び出せばいい」

「そうしたら波瀬は来てくれる？」

「親父さんもな」

「それはどうかな？　父さんは忙しいから」

「仕事が色々あるんだ」

「わかってる。だからここから出るのが怖いんだ。家にいて待ってるからこそ、俺は父さんにとっての家族であって、外に出たらそうじゃなくなる気がして」

「そんなことはない」

「波瀬は嘘《うそ》がヘタだよね」

と言うと、彼は口を『へ』の字に曲げた。

「嘘は言ってない」

「どうかな。俺が必要だとは言ってくれるけれど、愛してるとは言ってくれないし」

「男はそんなセリフを軽々しく言わないもんだ」

「家族だよ？」

「家族だって、だ。お前の母親は言ってたのか？」

「毎日のようにね」

「それは女だからだ」

「よくわかんない理屈」

「大人になればわかる」

「それって大人だと思ってる人の逃げだよね？」

「…生意気になったな」

「俺は元からこんなだよ。それとも、口応えするヤツは嫌い？」

不安な目を向けると、彼は長い腕を伸ばして俺の頭をぐしゃぐしゃっと撫でた。

「嫌うもんか」

それだけで安心できた。

この人だけは、俺に触れてくれる。

ためらいや、社交辞令ではなく、気持ちのままに。

もう随分と父親にも触れてもらえなくなっていたので、俺は彼の体温を望んでいた。

けれどそれは兄に対するようなものだと思っていた。

大滝にも感じていた『親しみ』だと。

ただ、会う機会が大滝より波瀬の方が多いので、それを強く感じているだけなのだと。

そうではないと気づくまでには、まだもう少し時間がかかった。


「…寝汚い」

俺の部屋へ入って来るなり、波瀬は渋い顔をしてそう言った。

その言葉は俺に向けられたものではなく、俺のベッドを占領して寝こけている大滝へ向けてのものだった。

「昨夜は朝まで飲んでたんだって」

俺が言うとその顔は更に険しさを増した。

「それは昨夜とは言わん。起きろ、大滝」

布団を捲《めく》ると、大滝は大きな身体を丸めて外気の寒さから逃れようとした。

「大滝」

「もうちょっと…」

「もうちょっとじゃない。清水建設《しみずけんせつ》の書類はどうした?」

「やった…。戸部《とべ》に渡したよ」

「戸部に?」

「ん…、昨日の夜。だからもうちょっと寝かせてくれよ」

「確かめて来る」

「いってらっしゃーい…」

眠そうな声で送られたのが腹立たしかったのか、波瀬は取り上げた布団をかけ直さず、床へ落とした。

「景一。こいつを甘やかすな」

俺まで波瀬に睨《にら》まれてしまう。

「でも働いてきたって言うから」

「仕事を理由に飲んだくれてるだけだ。働いてるわけじゃない」

「若頭になって、付き合い増えたんでしょう?」

そう。

先日この二人は異例の抜擢《ばってき》ということで若頭に昇進した。

若頭、というのは次期組長候補のことだ。なので、通常は彼等より齢が上の人間がなるものだと思っていたのだが、父さんは実力主義で、彼等の働きを買ってその地位に据えた。

色々軋轢《あつれき》もあるだろうが、地位を得た二人に繋ぎを取ろうとする者も多く、大滝曰《いわ》くあちこちからの誘いが増えたらしい。

「こいつが忙しいなら俺も忙しいはずだろう。俺はそんなことはない」

「お前は顔が怖いから誘いにくいんだよ」

ベッドの中から手を伸ばし、落ちた布団を拾い上げて大滝が言う。

まあ確かにそうだよね。

軽くて人懐こい大滝の方が、いつも仏頂面の波瀬よりも人に囲まれている。でも、睨みを利かせるには波瀬の方がいいので、二人はセットで若頭なのだそうだ。

「いい気になってチャラチャラ飲みに行くなと言うんだ」

「へーい」

取り戻して身体に巻き付けた布団から首だけ出して、さっさと行けというように大滝が手をひらひらさせる。

「景一、ちゃんとベッドから追い出しとけよ」

命令するようにそう言うと、波瀬は俺の頭をポンと叩いて出て行った。

「怒らせてばっかりだね。ホントに仕事だったの?」

「あれが怒ってるのは俺が飲んでるからじゃないのさ。景一のベッドに入り込んでるからだ。自分も入りたいけど、入れないから」

「波瀬はそこに寝たことないよ？」

「だからだよ。言ったろ、入りたいのに入れないって。もっとも、あいつは景一が寝てる時に入りたいんだろうけど」

大滝がにやっと笑うから、俺もそれを受けて肩を竦《すく》めた。

「ホントなら歓迎するんだけどね」

「言うようになったな」

「明後日《あさって》の誕生日で二十歳だもの。大人になったのさ」

俺はとばっちりを食わないように離れていた場所からベッドに近づき、大滝の隣へ腰を下ろした。

「そうか…、もう未成年じゃなくなるんだ。制服着てたガキが二十歳ねぇ…。俺もオッサンになるわけだ」

「まだオッサンじゃないでしょ」

「見えないところが色々さ。景一もそのうちわかるよ。誕生日、どうすんだ？」

もぞもぞと大滝がベッドの上に起き上がる。

だがまだ布団は身体に巻き付けたままだ。

「予定は決めてない。大学の友達が祝ってくれるって言ってるけど」

「ふぅん」

「あと、父さんが近いうちに一緒に食事しようって。ちゃんとしたスーツを着て、いいところへ連れてってくれるって」

「へえ、珍しい」

彼の目はちょっとワルモノの目になった。

だが彼が珍しいというのも当然だ。時間が経《た》つにつれ、父さんと俺の関係は段々と疎遠なものになっていたから。

「やっぱり二十歳は特別なんだって」

「嬉しい？」

「もちろん。忘れられてなかったんだな、って思うからね」

「都合のいい時だけ思い出すんだろ。それとも、いい父親の演出が必要になってんのかもな」

悪口とも取れるその言い方に、苦笑した。

俺はもう知っていた。

大滝は、父さんに恩は感じているが、どうやら好きではないらしいと。

「それでもいいよ。嫌われてないし、忘れられてないんなら」

「波瀬といい、お前といい。頭は悪くないのに、どうして親父に騙《だま》されるかねぇ」

「騙されるなんて…」

「あの人は、人を自分の手駒《てごま》としか思ってない。自分のやりたいことをやるために、こいつは有益か無益かでしか振り分けができねぇのさ」

「かもね」

「なのに、景一も波瀬も、犬っころみたいに親父に忠義を尽くしてる」

「だって、俺にとっては親だもの」

「親だって、子供にとっていい人間だとは言えないんだぜ？　波瀬なんか、何度も煮え湯を飲まされてるってのに、未だに尻尾《しっぽ》ふってやがる」

「大滝は、波瀬のことが心配で堪《たま》らないんだものね？」

そう言うと、大滝は慌てた。

「あいつのことは気に入っちゃいるが、景一のライバルにはならねえぞ？」

「わかってるよ。大滝のは友達とか、兄弟とかそういうものでしょう？」

「その通り。あの大きいのを組み敷く気にも、組み敷かれる気にもならない。でも、景一はそうされたいんだろ？」

言われて、ちょっと頬が赤らむ。

「まぁねぇ…。でも、波瀬は全然気づいてくれないんだよね」

俺は波瀬が好きだった。

ずっと、ずっと好きで、気が付いたら同じように接してくれていたはずの大滝への想《おも》いとは全く違う感情を抱いていた。

大滝は、それを知っていた。

俺が口に出したわけじゃない。察しのいい彼が、勝手に気が付いてしまったのだ。

けれど、波瀬の方は気づいているんだかいないんだか…。

大滝に言わせると脈アリだと言うし、自分もひょっとしてと感じる時はあるのだが、子供扱いされてるだけと思う時もある。

「わかってても、自制心があるんだろ。ほら、あいつは親父を敬愛しちゃってるから、その息子に自分が手を出すなんてって昔気質《かたぎ》のことを考えてるんだよ」

「だとしたら、俺は一生片想いじゃん」

「家、出るか？」

「何度も訊かれるから、何度も同じ返事をするけど。そうしたらみんなとの接点がなくなっちゃうよ。父さんも、波瀬も、俺をヤクザにかかわらせないようにしてるんだもん。家を出たら、それこそ自分達には近づかない方がいいとか言いそう」

「波瀬はそういうかも知れないが、親父はどうだかな」

大滝はあくまで父さんが俺を引き取ったのは何か企《たくら》んでるからだ派らしい。

「今度俺から言ってやろうか？　景一が波瀬のこと好きだって言ってたって」

「言っちゃ悪いけど、大滝が言っても信憑性《しんぴょうせい》ないよ。冗談言うなって怒られるだけじゃない？」

「確かに」

「ま、気長にやるさ。二十歳過ぎれば、もう『子供だから』って逃げ道はなくなるんだから。チャンスを見て自分の口で言うよ」

「そっか、頑張れよ」

布団から伸びた手が、クシャクシャっと俺の髪をかき回す。

「さて、じゃ行くかな」

「どこ行くの？」

「逃げんのさ。ホントは書類、できてねぇんだよ。戸部が捕まってそれを知られる前にあいつの手の届かないところへ行かないと」

「…もっと怒られるんだから、嘘つかなきゃいいのに」

「捕まるまでにできあがってれば、からかってるだけで嘘にはならない」

わかったようなわからないような理屈を口にすると、大滝はやっとベッドから降りた。

「大学、遅刻しねぇのか？」

「今日は午後からだけ」

「ふぅん、気楽だな」

悪口や当てこすりではないとわかってるから、俺は素直に頷いた。

「だね」

「二十歳の誕生日祝い、俺からは筆おろしにしてやろうか？　まだ童貞だろ？」

「そうだけど、遠慮しとく」

「初めては波瀬と、か？　でも前は使わせてくんねぇと思うぞ」

「どうでもいいけど、もう戻ってくるんじゃない？」

　にやにやとした笑いがその一言で顔から消える。

「じゃあな、波瀬によろしく」

　そして直接外へ出られる方の出口からさっと姿を消した。

「…やれやれだな」

　手のかかる兄貴みたいだ。

　俺は乱雑になったベッドを整えると、キッチンへ向かった。大滝の言葉が本当なら、すぐに波瀬が戻ってくるだろう。それならコーヒーぐらい入れて待っていようと。

　この離れは、俺一人が使うにはもったいないほど広く作られている。

　ここにはキッチンもあれば風呂《ふろ》もトイレもある。

　部屋は二間。一部屋はベッドの置かれた寝室で、机もここにあって、専ら俺はこちらの部屋で生活している。

　もう一部屋は座敷だ。

　ここは、父さんが来た時に使われる面会室みたいなもので、俺の物は少ない。

きっと、いつか俺が出て行くことがあれば、他の目的で使用するつもりがあるのかも知れない。

その二つの部屋の横に廊下があり、一方には母屋へ続く扉が、もう一方には裏手の通用口に続いている。そこは組の人間も使うけれど、殆ど俺専用の出入り口だ。

大滝が逃げて行ったのは、そっちだった。

２ＬＤＫのマンションにでも住んでる、と思えば別に変わったこともない。

「大滝！」

俺がコーヒーを入れ終わって寝室の方で飲み始めると、丁度母屋の方から戻ってきた波瀬の声と足音が響いた。

「戸部は書類なんかもらってないと…」

「残念でした。逃げた後だよ」

「…あいつ」

「コーヒーどう？　一杯ぐらい付き合えるでしょう？　そんなにカッカした顔してると、みんなにまた怖がられるよ」

「怖がられるのが商売だ」

「またそんなこと言って」

予《あらかじ》め用意してあったカップに、コーヒーを注ぐ。

カップを受け取った波瀬は、ベッドの上へ座った。そこしか座る場所がないので。

「大学は？」

「さっき大滝にも同じこと訊かれた。今日は午後からだよ。サボったりしないよ」

俺はデスクの椅子を引っ張ってきて、彼の前に据え、向かい合って座る。

「お前がサボったりするとは思わない」

「じゃなんで訊いたの？」

「何時からかと訊いたつもりだったんだ。コーヒーなんか飲んでる暇があるのかと」

「あるってわかったから、ゆっくりしてくれる？」

「…仕方ないな」

大滝と波瀬を比べると、大滝の方が明るくて人懐こくて接し易《やす》い。きっと女の子にモテるのも大滝の方だろう。

でも俺はこの無骨な男が好きなのだ。

「もうそろそろ誕生日だな」

「それ、大滝にも言われた」

「誰だって言う。せっかくの誕生日なんだから。今年は予定が入ってるのか？」

「一応。でも波瀬がお祝いしてくれるなら、それを優先させる」

「予定が入ってるならいいだろう」

「波瀬は特別だよ」

好きだから、こうしてアピールはしている。

でも、彼はそれを聞き流すのだ、いつも。

「何か欲しい物はあるか？」

「ううん、何にも。必要なものはみんな揃ってるから」

「欲がないな」

「欲はあるよ。でも、望んだからって何でも手に入るわけじゃないし」

「何が欲しい？　言ってみなければわからないだろう」

身を乗り出す波瀬に、俺は笑った。

「じゃ、デートしてくれる？」

わかってるのだ。

俺が望むことに、彼が戸惑うことが。

俺のことを憎からず思ってくれているはずなのに、この人は俺には近づかないようにしている。

身を乗り出して『何が欲しい』と訊くクセに、俺の言葉で口を歪めてしまうのがいい証拠だ。

子供の願いだと笑い飛ばすこともできないのだ。

「お前は誤解している」

彼は手にしたコーヒーに視線を移した。

「何が？」

違う、と言いたいし、波瀬の考えてることはわかるのに、俺は上手く嘘をつく。

「大滝と三人でデートしたっていいじゃない。父さんには甘えられないんだから、二人にぐらいは甘えさせてよ」

本当は二人きりでデートしたいのにそう言うと、彼はあからさまにほっとした顔で微笑《わら》った。

「二十歳になって甘えるも何もないだろう」

「二十歳になるから、二人以外には甘えられないんだよ。ね、三人で遊園地とか行かない？」

「…俺に遊園地が似合うものか」

「似合わないから言ってるんだよ」

彼が不機嫌な顔をするのを見るのは嫌いじゃない。

不機嫌でも何でも、顔に表情が出ているのだから。何もかも隠すような無表情よりはずっといい。

「でもせっかく波瀬が何かくれるって言うなら考えておく。今年は父さんもプレゼントくれるみたいだし」

今年は、というのは毎年もらっているわけではないからだ。

「二十歳だからな。ようやく大人になったと喜んでた」

「本当？　だったら嬉しいな」

「一緒に過ごしたいか？」

気遣うような顔をするから、また微笑む。

「今年は誕生日の頃に食事しようって言われてる。前か後かはわかんないけど」

「そうか」

「波瀬も祝ってくれるんでしょう？」

「だから何が欲しいか訊いただろう」

「物をくれるより一緒に過ごしてくれる方が嬉しいな」

「…考えておく」

俺が近づくと、彼は逃げる。

離れていると優しい。

優しくされたいけれど近づきたい俺としては日々ジレンマだ。

「大滝は筆おろしをプレゼントしてくれるって」

「…あのバカ」

「断ったけどね」

「当然だ」

短いコーヒーブレイクが終わると、波瀬はすぐに立ち上がってしまった。

「コーヒー、美味《うま》かったよ」

空になったカップを差し出し、また頭を撫でる。どうやら俺の頭は二人にとって撫でやすい高さにあるらしい。

「そのうち、飲みに連れてってね」

「もうバカなことをしなけりゃな」

「あれは俺のせいじゃないよ」

「お前は酒に弱いんだ。それを自覚しろ」

それだけ言うと、彼はそのまま出て行ってしまった。

「臆病者《おくびょうもの》…」

波瀬に向けて、自分に向けて、その一言をポツリと呟《つぶや》く。

俺が好きなクセに近づかない波瀬、彼が好きなクセに押し切れない自分。

「『お前は誤解している』だって？　よく言うよ」

手渡された、彼が飲んでいたカップに口づけながら俺は呟いた。

誤解なんかしていない。

これは本気の恋なのにと…。


兄弟のように、二人と接していた俺が波瀬にだけ心惹《ひ》かれるようになったのは、大学に入ってすぐのことだ。

　その頃になると、俺は自分と父親の関係が最初の想像とは違っていることに気づいていた。

　引き取って、金をかけて教育してくれているのだから、興味がないわけではないだろう。というか、引き取って金をかけて教育をしてやっているということに安心してしまったのかもしれない。

　これで父親の務めは果たした、と。

　一人の離れに戻り、一人で食事をする。

　高校の時にはそれでも学校へ行けば友人達がいた。

　けれど大学にはまだ親しい人間などいない。誘われれば出掛けられるが誘ってくれるほどの友人はまだおらず、家に誰かを呼んで自ら親交を深めるなんてこともできない。

　足繁く通ってくれていた波瀬と大滝も、丁度若頭になるかならないかという話題が出たところで、仕事が忙しくなり足が遠のいているところだった。

　家に帰るのが辛《つら》い。

　一人でいるよりは大学の図書室にでもいて、人の存在を感じていたい。

　そんなふうに思っている頃だった。

「信田、どっかクラブに入ってる？」

　声をかけてきたのは同じ学部の真鍋《まなべ》で、講義の時に近い席に座ることが多いヤツだった。

「いや、入ってないけど…」

「じゃあさ、ＳＦとか興味ある？」

「ＳＦ？」

「そ、小説とか映画とかのＳＦ。俺、ＳＦ研に入ってるんだけど、今日他校との交流コンパでさ。うちの大学人数少ないから、一年呼んでこいって先輩に言われちゃって。よかったら参加してくれないかな。会費は三千円」

クラブにも研究会にも入るつもりはなかった。

誰に言われたわけではないのだが、稲沢の家のことを考えると、断り切れない関係を作らない方がいいだろうと思っていたので。もしクラブに入って先輩から『お前の家行くぞ』と言われたらどうしようと思っていたのだ。

けれどコンパだけなら、興味があった。

それに、真鍋は興味が湧いたら入って欲しいけど、今日来てくれるだけでもいいと言ったので。

「じゃ、今日だけ」

と約束させて、そのコンパに参加した。

うちの大学のＳＦ研究会は男ばかり二十人ほどだったが、居酒屋を貸し切って行われたその会場には三大学、八十人ほどの男女がいた。

誰がどこの大学の何年生かなんて紹介もない。

最初のうちこそ大学ごとにまとまっていたが、そのうち話題ごとに人が別れ、俺は真鍋と共に古いＳＦ映画のグループに入った。

知識が足りないと怒られるかと思ったのだが、逆だった。

暫く話をしていて、俺がＳＦに対する知識が少ないと見るや、一同は口々に自分が一番いいと思う映画を説明し始めた。

知識を提示する相手として、無知な者は格好の餌食《えじき》だったわけだ。

でも楽しかった。

初めてのコンパ。

初めての飲み会。

浮かれていたのは認める。

だからつい、俺は先輩達に勧められるまま、アルコールを口にしてしまった。

まだ未成年で、飲んではいけないということはわかっていたのに。自分がどれだけ酒に強いかも知れないままに。

「先輩に勧められたら、飲むのが礼儀だぞ」

と言われ、うまうまと飲み続けてしまった。

ありがちなこと、ああ楽しかった、と笑って済ませられたのは、店を出て皆と別れて家に帰り着くまでだった。

真っ暗な部屋に戻り、着替えをしていると、急にムカムカと気持ち悪くなってきてしまった。

さっきまでのふわふわした気分はどこか飛んで行き、胃の辺りがムカムカして来る。

かと言って吐くほどではなかったので、俺は身体からアルコールを抜こうと風呂に入ることにした。熱い湯船に浸《つ》かって汗をかけば、すっきりするだろうと。

だがそれは大きな間違いだった。

風呂に入って、湯船に身を沈め、吐き気は治まってきたが、だんだんと眠くなってしまったのだ。

意識が朦朧《もうろう》として、瞼《まぶた》が重くなる。

正常な頭だったら、慌てて風呂から出ただろう。けれどその時はもう酔っ払っていて、この心地良さを長く味わいたいと目を閉じてしまった。

気が付いたのは、誰かが俺の名を呼んでいる声が聞こえたからだ。

「景一」

誰かが自分の上に覆いかぶさってる。

軽く頬を叩いて、俺の名前を呼んでいる。

「景一」

風呂に入って気持ちよかったはずなのに、少し肌寒い。

誰かは、俺の胸を何度も強く押した。

感覚は鈍磨し、痛みも感じなかったがよほど強い力だったのだろう、反動で胃の中のものが溢《あふ》れて、俺は吐いた。

「…げほ…っ」

口元が湿り、喉《のど》の奥が痛む。

目は開けなかった。

瞼を動かすのすら億劫《おっくう》で。

だが俺が吐いたことで満足したのか、身体を押していた手は離れた。代わって、柔らかなタオルで口元を拭《ぬぐ》われる。

「…バカが」

この声…。

ああ、波瀬の声だ。

波瀬が来たんだ。

起きてるよ、と言おうとしたのだが口は動かなかった。

意識はあるのに金縛りにあったみたいに指一本動かせない。

俺、どうしたんだろう？

何でこんなに身体が重たいんだろう？

ここはどこだ？　家に帰ってはいるんだよな？

記憶と思考がぐるぐるして、状況が把握できない。

大きな手が、俺の鼻先に触れた。

「息はしてるか…」

当たり前じゃないか。生きてるんだから息ぐらいするよ。…と言いたいのだが言葉は出ない。

手は、鼻先から口元へ動いた。

今度は指でも突っ込まれるて吐かされるんだろうか？　それは嫌だな。

指が、唇をなぞる。

そして離れ、次の瞬間何か柔らかいものが押し当てられた。

温かくて、柔らかくて、少し硬い。

…何？

唇から離れた指の方は、肩に置かれ、そこからゆっくりと胸へ向かった。

戸惑うように乳首に触れ、脇腹《わきばら》へ移ってゆく。

うっすらと目を開けると、視界は真っ暗だった。

いや、真っ暗ではない。視界を覆っていたものが退くと、風呂場ではなく自分の部屋の天井が見えた。

今退いたばかりの波瀬が、顔を背けるのも。

「…クソッ、俺は何をしてるんだ」

自分の視界を覆っていたのは、波瀬の顔だったのか。ではあの柔らかな感触は？

波瀬は、再び俺の狭い視界の中に戻ってきた。

だが俺の開いた瞼が本当に僅かだったから、俺が目覚めたことには気づいていないようだった。

「景一…」

タオルを握った手が、俺の顔を、身体をゆっくりと拭ってゆく。けれど手は下半身に近づくと、一《いっ》旦《たん》動きを止めた。

俺は自分が酔って風呂に入っていたことを思い出した。

ということは全裸なのか？

タオルの感触がある、ということはそうだということだろう？

では今、自分の下半身は無防備に彼の視線に晒《さら》されている、ということだ。

身体は動かないままだったが、思考は戻ってきた。

すると、羞恥心《しゅうちしん》よりも先に疑問が湧いた。

ひょっとして、波瀬は今俺にキスした？

…まさか。波瀬が俺にキスするわけがない。でも、顔を顔で覆って柔らかなものが触れたということは、キスされたということではないのか？

違う。

自分は酔って風呂で寝入ってしまった。きっと溺《おぼ》れたのだ。

だったらあれは人工呼吸に違いない。

胸に触れたのは、心臓の鼓動を確かめたのだ。

でなければ波瀬が自分の胸に触れる理由なんてない。

なのに、俺は別のことを意識していた。

波瀬が、自分にキスした。

彼が、自分の裸を見て、触れている。

いつも自分を支えてくれていたあの無骨な男が。

男同士なのに、相手は波瀬なのに、そのことを意識して恥じらいが生まれる。

タオルと共に時々触れてくる彼の指先に、神経が集中する。

この時まで、俺は彼のことを好きではあったけれど特別な感情だとは思っていなかった。寡黙な波瀬の方が、大滝より幾分『好き』が上回るとは思っていたけれど、同性に対する欲情ということは考えてもみなかった。

だが、生々しく感じる肌に、そのことを考えずにはいられなくなってしまった。

もしも、彼がこのまま自分に触れてきたらどうしよう。

求められて、身体を探られたらどうしよう。

女性と寝たこともない身体を波瀬が求めてきたら…。

嫌ではなかった。

それどころか、そうして欲しいと願う気持ちがあった。

「う…」

胸が高鳴り、彼の視線に晒されている場所が自分の気持ちを表してしまいそうになるから、俺は必死で声を上げた。

波瀬にその気はないのかも知れない。なのに自分だけ、人工呼吸と身体を拭《ふ》いてもらうだけの行為に欲情してしまうなんてみっともない。もしかしたら呆《あき》れられて、彼に嫌悪されるかもしれないではないか。

だから『自分に意識はある』と彼に知らせて、手を離して欲しかった。

「景一？」

「…寒い」

寒くなどないけれど、そう言えば彼が布団か何かをかけてくれると思ったのだ。

事実、彼はすぐにそうしてくれた。

「大丈夫か？　意識はあるか？」

だが心配そうに覗き込む彼の顔が近くて、またドキリとする。

「ん…」

「バカが…！」

安堵《あんど》して抱き締めてくる腕に身体が浮く。骨が軋《きし》むのではないかと思うほど強く力が込められる。

思わず、だらりと垂れていた自分の腕を彼の背に回しすがり返す。

「波瀬…」

抱き合って、体温を感じる。

彼の唇が俺の頬に触れる。

けれどすぐに彼はハッとしたように俺を突き飛ばし、離れてしまった。

「未成年のクセに酒を飲んで風呂に入るなんて、どれだけバカなんだ！　もし俺が来なかったらどうなってたと思う！」

説教の怒声。

「ん…」

しおれると、また声は優しく変わる。

「今白湯《さゆ》を持ってくるから、待ってろ」

だが彼は俺を置いて立ち去ろうとした。

「待って…」

俺は動かない手を伸ばして、波瀬のシャツの袖口を摑《つか》んだ。

「行かないで…」

「景一」

「…あきれ…ないで…。ごめんなさい…」

突き飛ばされたせいか、突然感じたばかりの体温が離れたせいか、俺は彼を行かせたくなかった。

「勧められて…わかんなくて…。もうしないから…」

もしも波瀬に見捨てられたらどうしようという不安に、胸が潰れそうだった。

「景一…」

「いや…。行かないで…」

波瀬が戻り、俺の顔を覗き込む。

「…泣くな。どこにも行かないから」

泣いてなんかいない。

いないつもりだった。

だがどうやら俺は泣いていたらしい。

険しかった彼の顔が、俺を見て愛おしむように変わったから。

「無事でよかった。もう二度とこんなバカな真似《まね》はするなよ」

くるくると、彼の表情が変わる。

心配したり、怒ったり、優しくなったり。

波瀬が、自分のために心を動かしている証拠。

嬉しい、と思った。

自分のことなどでは揺らぐことなどないような頑丈な男が、俺のために心を揺らしてくれているのが。

俺も、彼で心が揺れていたから、同じなのだということが、とても嬉しかった。

「俺…、波瀬が好き…」

「そうか」

「また…、抱き締めてね」

「ほら」

彼が布団の上から俺を抱く。

けれどもうあの強さはなかった。

「戻ってくるから、横になってろ。白湯を持ってくるだけだ」

「うん…」

あの強さは、生きててよかったという安堵だけだったのだろうか?

でも俺は…。

波瀬はそっと部屋から出て行った。

戻ってきた時には、大滝が一緒だった。

「酔っ払って風呂で寝たって?」

「ん…」

「大学入ったからっていい気になってっと、失敗するぞ」

明るい彼の声の向こうで、波瀬は俺に近づいてくれなかった。

「先輩に…勧められて…。でももう飲まない」

俺の目は、目の前にいる大滝の肩越しに、ずっと波瀬を見ていた。

もっと近くに来て。

俺に触れて。

さっきみたいに強く抱き締めて、と。

「その方がいい。お前、きっと酒に弱いんだよ」

けど、最後まで、波瀬はもう俺の側には来てくれなかった。


その日から、俺は波瀬をそんなふうに意識するようになった。

男同士で恋愛やセックスをすることが在り得ることだと知っていたから、自分もそうなのかも知れないと考えるようになった。

あの時…。

波瀬の唇が触れた時、彼に裸を見られたと知った時、その指先を感じた時、どうして身体が反応したのか、他に説明しようがなかったから。

確かに、母子家庭で育って、自分の生活には大人の男がいなかった。

ここへ移ってからも、一人の生活が長く、他人に裸を見られることなどなかった。

けれど、高校でも、大学でも、同性の者は多くいるし、友人としての接触はある。トイレで隣に並べば、こちらも相手を見ることがあるし、相手もこちらをちらりと見ることがある。

だからといって、恋愛や肉体関係を意識したことなどない。

思春期だから、突然過敏になったのだろうか？　そう思って、友人に誘われるままスイミングクラブに足も向けてみた。

裸の男が山ほどいる場所だから、銭湯にも行った。

けれど、裸を見られることが恥ずかしいとも思わなかったし、他人の裸を見てもどうということもなかった。

波瀬だけだ。

波瀬だけを意識してしまう。

彼が近づいて来ると、その手が触れると、身体が強《こわ》ばるのがわかった。

着替えをしている最中に彼が来ると、ギクシャクした。大滝ならば平気なのに。

気のせいだ、あんな醜態を見られたから、変に意識するようになっただけだと自分に言い聞かせても、気持ちは変わらなかった。

同時に、波瀬が自分のことを本当に気にかけてくれていることにも気づいた。

「この間食べたいと言ってたろ」

と言って菓子を買ってきてくれたり。

「髪を切ったのか」

と僅かな変化を見逃さない。

いつも大滝と一緒にいるから。大滝が先に言葉にするから。こんなにしてやってるんだぞと口にすることがないから、気が付かなかった。

無骨な手が優しいことを知っている。

堅苦しい言葉や、おっかない言葉の向こうに、俺を想ってくれる気持ちがあることも知っている。

でも優しいだけの人なら、他にも沢山いる。

なのに波瀬が好きなのは、彼のあの強い抱擁のせいだ。

生きててよかったと、心底安堵して抱き締めてくれた強い力。あれだけは、他の誰もくれないものだった。あの時に、俺は波瀬の愛情を感じた。

傷つかず、苦しまず、ぬるま湯に浸かるように生きてきた日々の中で、彼だけが自分を熱く想ってくれていたことを知ってしまった。

それは恋ではないかもしれない。

親分の息子だからというだけかもしれない。

それでも、俺の最後の一歩を押すには十分な想いだったのだ。他の人とは違う気持ちを、恋心を抱かせるのに十分な…。

彼が好きなのだと自覚すると、後は早かった。

何とかして波瀬に気に入られたい、好きになってもらいたいと努力も惜しまなかった。

だか、俺の恋心に気づいたのは大滝の方が先だった。

「お前、波瀬のこと好きなの？」

適当にごまかせばよかったのに、突然の指摘に俺は一瞬口籠《くちご》もってしまった。

「…何であんな難物に惚《ほ》れるかねぇ」

呆れる言葉に、顔も上げられなかった。

気持ちに恥じることはないけれど、男が男を好きだなんておかしいことだとわかっていたから。

「俺にしたらどうだ？　俺の方がちゃんと応えてやれるぞ？」

「波瀬がいいんだ」

「どうして？　顔は悪くないが、頭は硬いわ、態度は素っ気ないわ、いいとこないじゃん」

「好きになるのに理由なんかないよ。でも…、気が付いたから」

「気が付いた？」

「波瀬が優しいってことに」

「俺だって優しいだろ？」

「うん。だから兄さんみたいに思ってる」

「ってことは、波瀬は違うんだ？　一体、どうしてそうなったんだ？」

問われて、俺はコンパの夜のことを話した。

もちろん、キスは人工呼吸、胸に触れられたのも鼓動を確かめるためだとわかっていると付け加えて。でも、触れられた男の手に、自分が男として感じてしまったものがあったのだ。

誤解だと、何度も自分に言い聞かせた。一時の感情に過ぎないと、女の子にも目をむけた。それでも、やっぱり目は彼を追い、彼の手を望む気持ちは止められなかったのだと。

望みがないこともわかっている。

でも夢を見るぐらいいいでしょう？

全《すべ》てを聞き終えると、大滝は大きなタメ息をついた。

「じゃあハッキリ言ってやる。きっと波瀬もお前のことが好きだよ、もうずっと前からな。でもあいつは頭が古いから、親分の息子には絶対手は出さねぇぞ？」

「それでもいいんだ。俺が初めて欲しいって思った人だから、なかったことにしたくない」

「失恋決定なのに？」

「…いつか、忘れられたら他の人を好きになるよ。でも忘れられない間は、好きでいさせて」

大滝も、俺には甘かった。

彼は、俺を自分の理想の弟として扱っていたから。

「仕方ねぇなぁ。なるべく他の女を探すんだぞ」

「…うん」

嘘ではなく、自分もそうしたいと思っていた。

波瀬と恋人になるなんて、遠すぎる夢だ。

大滝は彼も俺のことを好きだと言ってくれたけれど、きっとそれは慰めてくれる言葉なのだと思っていた。

「このこと、波瀬には言わないでね？」

「わかってるよ」

叶《かな》う可能性のない片想い。

何となく大滝の言葉が本当なのではないかと思うようになっても、彼が自分に手を出してくれないことも本当だとわかるようになっても、諦《あきら》められなかった。

女の子と付き合ってみても、ダメだった。

それでも、『いつか』を夢見る。

それだけが、今の自分にとって一番の幸福だったから。

彼を想っている間だけは、孤独を感じないで済んだから…。

「どうした？　緊張しとるのか？」

父さんの声に、俺は意識を元に戻した。

「うん、ちょっと。こんな凄《すご》いところ、初めて来たから」

本当は波瀬のことを想っていたのだけれど、それは言えないから父の言葉に乗っかった。

だが疑われることはないだろう。

高い天井、眩《まぶ》しいシャンデリア、ピカピカに磨き上げられた銀器とルビーのように赤いワイン。背後には数歩離れているとはいえ、ずっと給仕の立ち控えるレストランなんて、生まれて初めて来たのだから。

しかも父さんがわざわざあつらえてくれたスーツを着て、父さんと二人きりで、なんて。

「どこで食べてもメシはメシだ。若いんだからしっかり食べなさい」

誕生日の前日、朝一番に本宅からこのスーツ一式が届けられた。

「今夜は親分が一緒に食事を、とのことです」

運んできたのは波瀬でも大滝でもなく、古参の猪股《いのまた》さんだった。

猪股さんは、俺も何度か顔を会わせている数少ない組の幹部だ。

波瀬や大滝よりも偉いそうだが、彼はもう組長候補からは外れている。

ヤクザのシキタリというやつはよくわからないけれど、親分の兄弟分は次の親分になれないそうで、猪股さんは父さんの弟分だった。

家族構成で例えるなら、家督を継ぐのは直系の子供で、弟は継承から外されるということか。

「夕方五時に迎えに来ますから、これに着替えて待つように」

「はい」

有無を言わさぬ命令だった。

夕方の五時なら、大学から戻ってからでも十分時間があるから、別にいいだろう。父さんが自分の誕生日を忘れていなかったことが嬉しかったし。

期待していないと言いつつも、やはり親には愛されたいという気持ちがある。

だから、大学から真っすぐに帰宅し、父の迎えを待ち、一緒に出掛けたのだが…。こんな凄いところに連れてきてくれるとは。

「大学の方はどうだ？　成績はいいんだろう？」

「それなりだよ。でもちゃんと勉強はしてる。父さんにお金出してもらってるんだから、真面目にしないとね」

「はは、そう堅苦しく考えなくてもいいさ。…それにしても、お前は優香に似てきたなぁ」

父さんはワイングラスを片手に俺をじっと見た。

だがその視線はかつての恋人を思い出しているようには見えなかった。

「二十歳か…。これでもうお前は大人だ。何があっても、自分で責任が取れる齢だな」

「まだ学生だけどね」

「なぁに、学生というのはブランドだ。お前の価値を上げる。いい大学に通う真面目な学生、いい響きじゃないか」

そのセリフも、俺の成長を喜んでいるというには相応《ふさわ》しくない気がした。

気のせいかも知れない。

親に気遣われることなどもう随分なかったし、父さんと二人きりで食事なんて、ほぼ初めてのことだから。

「二十歳になったのに、景一はヒゲも生えんのか？　すね毛もないのか？」

「生えないってことはないけど、薄いかな。体質みたい。生えてないとおかしい？」

やっぱりヤクザは男らしい方がいいのかな？

「いやいや、美少年でいいじゃないか」

「もう『少年』じゃないよ」

「付き合ってる女の子もいないんだろう？　大滝が言ってたぞ」

「ガールフレンドぐらいはいるよ」

「お友達ならいいが、変な者には入れあげるなよ。波瀬と大滝には、お前に悪い虫が付かんように、よく言ってあるが…。男はどうだ？」

「男？　友達？　普通にいるけど」

「そうじゃない、今時は流行だろう。ほら、男が男を好きになるっていう」

その質問にドキッとした。

多分、他意があるわけではないのだろうが、やはり父親から言われると後ろめたい。

「そういう人もいるよね」

俺はその一言でごまかした。

その後も、父さんは他愛《たわい》のない質問をしては、俺を見てにこにこと笑っていた。

食事が終わり、デザートが運ばれてくると、父さんはちらりと時計を見た。この後の予定があるのかな、と思っていると、突然見知らぬ男性が近づいてきた。

俺が視線をそちらへ向けると、父さんもそっちを振り向く。

「稲沢さん、偶然ですな」

「おお、住田《すみだ》さん」

父さんの知り合いか。

どうしよう。

俺はここで挨拶するべきなのか、席を立つべきなのか。

迷っていると、現れた住田という男が俺を見た。

「こちらが稲沢さんの坊やですか？」

「ええ。息子です」

その言葉に、俺の胸は高鳴った。

父さんが、他人に俺を『息子』と言って紹介してくれた。いや、それ以前に、俺という息子がいることを話していた。

喜びに、震え出してしまいそうだった。

ずっと、日陰の存在だと思っていたのに。

「どうです？　我々はもうデザートだけですが、ご一緒しますか？」

「よろしいんですか？」

「もちろん。景一、こちらは住田さん。、父さんのお友達だ」

紹介されて、俺は腰を浮かせ、住田に頭を下げた。

「初めまして。信田景一と申します」

住田は目を細め、うんうんと頷いた。

「初めまして。住田です。君のお父さんとは仕事の関係で親しくさせてもらってる」

住田は、父と同じぐらいの齢だろうか？　だが恰幅のいい父と比べると、痩《や》せて、皺が目立つ。身なりも言葉遣いも悪くはないが、どこか粗野な印象がある。

差し出された手を握ると、なかなか離してくれなかった。

「稲沢の姓は名乗らせていないんです。面倒が起きても関係ないと言えるように」

俺が『信田』と名乗ったことをフォローするように父さんが付け足す。

「そうですか。他に親戚がいないんでしたな？」

「そうです」

そんなことまで話していたのか。

店の人間が席を作り、住田が同席する。

彼はワインだけを頼み、父の分と二つのグラスを要求した後、俺を見て「君も飲むかね？」と訊いてきた。

「いいえ、俺は酒に弱いので遠慮しておきます。この一杯で十分です」

「そうかい」

ここから、父の話し相手は俺から住田に変わった。

「先日の話ですが、如何《いかが》ですかな？」

と父が問うと、住田は注がれたばかりのワイングラスを手に頷いた。

「いいですな。満足です」

「では…」

「取引成立、としていいでしょう」

「それはよかった。ありがとうございます。いや、最近は色々と仕事も難しくて」

「でしょうな。こちらとしても法律に引っ掛かるのは困る。ですから、迂回《うかい》してそちらの名前は出ないように、というのがもう一つの条件ですよ？」

「わかってます。大井建設《おおいけんせつ》を使おうと思ってますから」

父さんは、幾つもの会社を持っていた。

水商売の店や、建設会社や、コンサルタント会社や。詳しくは知らないが、『大井建設』と名前が出たからには、きっとその中の建設関係の仕事相手なのだろう。

住田はヤクザではないのかも。

「景一くんは、大学生？」

唐突に、住田は俺に質問を投げた。

「あ、はい。三年です」

「まだ高校生みたいだねぇ」

「そんなことないですよ」

「いやいや、私の回りはごつい男ばかりだから、目の保養になる」

「…ありがとうございます」

彼の向けて来る視線は、あまり心地よいものではなかった。

「そうだ。おじさん、今度タイに行くんだよ。何かお土産を買ってきてあげよう。何か欲しいものはないかね？」

「そんな、とんでもない」

「遠慮しなくていい。私は金持ちだからね」

「いえ、本当に…」

「景一はあまり物を欲しがらんのですよ。今まで私も何かをねだられたことはありません」

「ほう。物に興味がないのかい？」

「父に良くしてもらっているので、足りないものがないんです。車の免許は持ってませんし」

「海外旅行に行きたいとか、友達の持ってるブランド品が欲しいとかは？」

何だろう。

「いいえ。海外に興味はありません。高校の修学旅行でパスポートは作りましたけど。ブランド物もあまり…。でも父がくれた物はあります」

「ほう…」

住田は視線を父さんに戻した。

「いい子ですな」

「でしょう？　今時珍しいですよ」

「本当に。大変素晴《すば》らしい」

褒められているんだよな？

けれど何だか値踏みされているような気分だ。

「いやいや、親子水入らずの席にお邪魔して申し訳なかった。私も空腹になったので、そろそろ自分のテーブルに着くことにしますよ」

「そうですか。ではタイからお戻りになったら、また話をしましょう」

「ええ」

住田は立ち上がったが、去りがたいというように俺を見た。

「利発そうで、従順そうな、いい子だ」

そして手を伸ばし、俺の頬を瘦せた手で撫でた。

カサついた感触。

背筋がゾクリとして鳥肌が立つ。

だが父のために、俺はそれを我慢して微笑んだ。

「ご旅行、お気を付けて」

「ああ、またゆっくり」

瘦せた老人だ。

中年というよりも老人と呼ぶ方が似合う。それは顔の皺のせいだろう。

だがどこかエネルギッシュでギラギラとしている。目の鋭さがその理由かも知れない。

とにかく、自分にとって住田という男は、あまり印象のいい男ではなかった。

「さて、そろそろ我々も帰ろうか」

住田が席を離れると、まるでこれで用事が済んだと言わんばかりに父さんは腰を上げた。

デザートは食べ終わり、コーヒーも飲んだ後だったので、自分にも異論はなかった。

「今日はありがとうございます。本当に嬉しかった」

と言うと、父さんは目を細め、少し複雑そうな顔をした。

「そうだな。私は家族を必要としない男だが、たまにはそういう目で見られるのも悪くない」

家族を必要としない…。

それはまるで『お前などいらなかった』と言われているような気分だったが、今身を包むスーツも、食べ終わったばかりの食事も、不必要な人間に与えるようなものではなかったので、その考えはすぐに消し去った。

店を出たところで、父さんはタクシーを呼んで俺を乗せた。

「私はまだ仕事があるんでな」

店の中で時計を見ていたのはやはりそういうことか。

「気を付けて」

「うむ、お前もな。あまり遊んじゃいかんぞ」

それが最後の会話だった。

タクシーに乗ってから後ろを振り向くと、父さんが今の店に再び入ってゆくのが見えた。住田と、俺がいては困るような仕事の話をするのかもしれない。

「明日で二十歳か…」

食事のついでのワインだけでいい気分になっていた俺は、そのまま目を閉じた。

闖入者《ちんにゅうしゃ》はあったけれど、いい夜だった。

他の家族はどうだか知らないが、俺と父さんはこの位の距離で付き合うのがいいのかも知れない。

母が亡くなった時、俺には行く先がなく、今の場所を与えてくれたのは父さんだ。現在の生活に何か物足りなさは感じるけれど、不自由は何もない。

それに、父さんが引き取ってくれたから、自分は波瀬と会うことができたのだから。

「波瀬か…」

難しい恋。

でも彼が興味を持ってくれていることは、自分でも最近確信していた。だからこそ、進展がないことに焦《じ》れているのだ。

この状態が長く続けば、自分はあの家を出ることになってもいいから、彼に本当の気持ちをぶつけてしまうかも知れない。

ささやかだった恋心は、今やそこまで追い詰められていた。


翌日、朝ご飯を作っていると波瀬がやって来た。

「今日も大学か」

「うん」

彼はベッドの傍らに立ったまま、訊いた。

「一緒に食べない？」

「いや、もう食った」

「じゃコーヒーだけでも付き合ってよ。座敷の方で待ってて」

強引に誘い、キッチンへ戻る。

朝から彼に会えたのはいい兆しだ。毎日のように顔を出してくれるけれど、本当に毎日というわけではないのだから。

トーストと作り置きのポテトサラダにカップスープ。それと二人分のコーヒーを持って座敷へ向かう。座敷は、言わば来客用なので落ち着かないのだが、テーブルがここにしかないので仕方がない。

「はい、どうぞ」

灰皿と一緒にコーヒーを出すと、彼は応《こた》えるようにタバコを取り出した。

「昨日は親父と出掛けたそうだな」

彼等が親父と呼ぶのは父さんのことだ。親分ではなく親父と呼ぶのが通例らしい。猪股のことは叔父貴と呼んでいた。

「うん。食事をした。スーツ買ってもらっちゃった。見て欲しかったな」

「いつか、な。今日は出掛けるのか？」

「大学の友達が誕生日パーティをやってくれるって」

「そうか」

彼の素っ気ない質問の中に、『一人で誕生日を過ごすなら来てもいい』という意味が含まれてると考えるのは勝手な解釈だろうか？

だとしたらもったいないことしたな。

「前から言ってた時計は買ったのか？」

「腕時計？　ううん。高いもん、まだだよ」

つまり、波瀬からのプレゼントは、俺が前から欲しがっていたスケルトンのアナログ時計ということか。

「今度、アルバイトして買おうかな」

「アルバイトは禁止だ。そう言われてる。金が欲しかったら言え」

「他人からもらうお金は好きじゃない」

「親の金だろう」

「それでも『俺じゃない人』の金だよ」

「お前は変わってるな」

あ、少し口元が綻《ほころ》んだ。

「景一ぐらいの齢なら、くれるものなら何でももらうと思うもんだ」

「俺は早く自分で稼ぎたいな」

「大学を卒業したら、どこかへ就職することになるだろう。そうしたら幾らでも稼げる。親が金をくれるといういい状況にいるんだ、ないものねだりはするな」

「ないものねだりねぇ…」

自分で稼いだ金で波瀬にプレゼントしたい、と考えてるだけなんだけど。

「今夜、来てくれる？」

「今日は仕事だ」

「なんだ、残念」

「お前も友達と過ごすんだろう」

「でも波瀬がいるなら早く帰って来るのに」

誘うように見ると、彼はちょっとの間考えてポツリと言った。

「…明日なら」

「明日？」

期待を込めて聞き返したのだが、彼らしい理由ですぐに取り消された。

「…いや。お前は明日も大学だろう」

「一日中講義があるわけじゃないけどね」

駆け引きのような会話。

気を引きたいけど近づくと逃げるから、いつも彼の逃げ道を残しながら近づいてゆく。

波瀬の方も、俺に期待を抱かせないようにしながら、注意深く優しさを見せる。優しくし過ぎて、俺が何かを望むのを恐れているのだ。

彼が自分を好きだと思うのは、やっぱり間違いなのかな。波瀬の気持ちは弟とか子供とか、そういうものなのだろうか？

「そういえば、住田って人知ってる？」

「住田？」

「昨日食事の時に父さんから紹介されたんだ」

波瀬は考え込むように難しい顔をした。

「どうしたの？」

「その時、何か話したか？」

「何かって…。仕事相手だって言ってた。それと、タイに行くってことと、何かの契約が順調だっていうこと。マズイ人なの？」

父さんは親しそうだったのに。

「いや、そういうわけじゃない。ただ住田との契約は難航していたはずだから」

「じゃ、上手く行ってよかったってこと？」

「そうだな」

いいことなのに、彼はまだ考え込む顔をしていた。

「ちょっと用事を思い出した。コーヒー、美味かった」

そしてそそくさと立ち上がり、姿を消した。

ちぇっ、住田の話題なぞ振らなければよかった。父さんが紹介してくれた人だから、表の仕事の人かと思っていたのに。

表の人ならば、話題にしても問題はなく、暫く彼と会話を続けることができるかと思ったが、どうやら失敗だったらしい。

俺は食事を終え、片付けを済ませると、大学に行く支度をして離れを出た。

「お出掛けですか？」

ちょうど庭先を掃除していた戸部が声をかける。

大滝の下に付いている若い衆で、まだチンピラっぽい男だ。けれど、いつも見かけるとにこやかに声をかけてくれる。

「大学です。行ってきます」

「行ってらっしゃい」

こけた頬に笑みを浮かべ、彼は俺を見送ってくれた。

屋敷は静まり返っていて、その声以外に見送る者はいなかった。


「それでは、信田景一の二十歳の誕生日を祝して、カンパーイ！」

真鍋の音頭に合わせ、居並ぶ者達は皆自分のグラスを掲げた。

「カンパーイ！」

「カンパーイ！」

俺の持ってるグラスに、四方八方からグラスが差し出され、カチンカチンと音を立てながら当たっては離れてゆく。

大学近くの居酒屋の奥の座敷に集まったのは、同じゼミのグループの男女八人だった。

「結局、みんな俺を肴《さかな》にして飲みたいだけだろう」

と言ってしまうくらい、友人達はいい飲みっぷりだった。

「まあまあ。ちゃんと誕生日プレゼントだって用意してあるんだぜ」

一人が小さな袋をポンと投げ渡す。

「そろそろ寒くなるから、ネックウォーマー」

「…まだ早いだろ、十月だぞ」

「だから安かった」

「あ、私これ。気に入ってくれるといいんだけど」

皆、かしこまった様子もなく、ポンポンと小さな包みを渡してくる。

「女子は本気モードのヤツいないのか？」

「やあねえ、もしいたとしてもこんなとこじゃ渡さないわよ」

適当に座った俺の隣には、あの真鍋がいた。

俺を酔い潰したコンパに誘った件《くだん》の友人だ。彼とはその後、結局一番親しい友人となった。そして俺は幽霊部員としてあのSF研究会にも籍を置いている。

部員が少なくて潰れそうだから、名前だけ貸してくれと頼まれたので。

「俺は特別。はい、コレ」

その真鍋がそっと小さな紙袋を渡して寄越《よこ》した。

「何？」

「女がいるからそっと覗いてみろよ」

「女子に見られるとまずいもの？」

「そう。ま、シャレだよ、シャレ。そろそろ信田にも必要になるんじゃないかと思ってさ」

俺は首を傾《かし》げながら中を覗き込み、中身が何であるかを知ると真鍋を睨んだ。

「何だよ、これ」

中身はコンドームだった。

「男の身だしなみ。信田って、絶対自分じゃ買いに行けないタイプだと思ってさ」

「悪ふざけがすぎるよ。俺、こんなもの使わないぞ」

「お前に彼女がいないのは知ってるけど、いざという時のためさ。何だったら、今日、使ったっていいんだぜ」

相手はここにいる女の子で、というように顎《あご》でその場にいる女子達を示す。

「安藤《あんどう》、実は信田狙《ねら》いじゃないかと踏んでるんだ」

「真鍋」

「マジだって。せっかくの大学生活なんだから、彼女の一人くらい作れよ」

「いらないよ」

「どうして？」

「…好きな人ならいるんだ」

どうせ本当のことは言わないので、それだけは教えてやった。

真鍋は意外、というように目を見開いた。

「本当に？　じゃ、それ必要じゃゃん」

「必要ないよ。片想いだ」

「片想い？　相手誰だよ」

「お前の知らない人」

「だから…」

更に真鍋が問いかけようとした時、反対側の隣に座っていた三田《みた》が俺の肩を摑んだ。

「主役がコソコソしてんなよ。料理来たぞ」

「あ、俺唐揚げ食べたい」

質問に応える気がないので、俺はその言葉に乗って真鍋に背を向けた。

真鍋はしつこい男ではないので、それで質問は止《や》んだ。

「信田、就職決めた？」

「まだ」

「お前実家だろ？　家業とか継ぐの？　親何してる人？」

「普通のサラリーマンだよ。だから家業っていうのはないな」

もちろんそれは嘘だ。

だが本当のことを言っても仕方がないので、周囲にはそれで通していた。

「じゃ、俺と一緒か。親のコネ使って就職とかできないの？」

「何？　三田はどっか行きたいとこあるの？」

「うーん…、旅行会社行きたいんだよね。信田の親ってそういう関係の人じゃない？」

「残念でした」

今度は正面から声がかかった。

「信田くん、東京生まれの東京育ちなのよね？」

「うん」

「いいなぁ。私は卒業したら田舎に帰って来いって言われてるの」

「北野《きたの》、田舎どこなの？」

「島根《しまね》。何にもないとこよ」

「出雲大社《いずもたいしゃ》って島根じゃなかったっけ？」

「そうだけど、それだけだもん。『島根ってどこにあるの？』って訊かれることが多くてへコむわ」

合コンではなく、気心の知れた者の集まりなので、最初のうちこそ話題と視線は誕生日の俺だったけれど、すぐにそれぞれ勝手なグループで勝手な話題に興じ始めた。

「マキ実家帰るの？　私は残るよ」

「親、うるさくない？」

「就職先決めちゃえば何とかなるわよ」

そろそろ皆の口に上り始める就職の話。

「こいつ、学外に彼女いるんだぜ、遠恋なんかしてんの」

「新幹線代大変だろ」

「青春十八切符だよ」

「青春してっかも知れないけど、十八はないだろ」

定番の恋愛話。

「この間、バイト先の店長とケンカしてさ。俺もうマジ辞めようかと思って」

「でもバイク欲しかったんだろ？」

「それにしても、あんなヤツの下で働きたくねぇよ」

そして身の上話。

その中で、俺は身の上話のグループに属した。

恋愛や就職はタイムリー過ぎるし、お前はどうするのかと聞かれると困る。だが身の上話なら聞き役に徹していればいいだろうと。

ここにいる連中は、当然ながら同じ齢で、八人中七人が既に誕生日を迎え、二十歳になっている。事実上未成年の一人も、既に飲酒経験済みで、止める者のいない酒宴は賑《にぎ》やかなものになった。

そんな中、いつの間にか話題の中心は家族の話になっていた。

「だからさぁ、もう兄弟なんかいらねぇって思っちゃうんだよ。兄貴ってだけで威張りやがって」

「わかる。うちもお姉ちゃんがいるんだけど、勝手に人の部屋入ったりして」

「私、下いるけど、下も嫌だよ。ナマイキで」

「俺は一人っ子だからわかんねぇなあ」

就職や恋愛の話をしていた者も、何となくそこに加わる。

聞いていればいいと思っていたのだが、俺は少し彼等と距離を置くことにした。

お前のところは？　と訊かれると困る。

母親は亡くなっていて、父親に引き取られながらも戸籍は別。しかもその父親はヤクザで、兄代わりの人もヤクザ…。なんて、言えないし、聞かされる方も戸惑うだろう。

酒の入ったグラスを持ったまま壁に寄りかかり、みんなの話を傍観することにした。

「なあ、信田。さっきの話だけどさ」

だが放《ほう》っておいてはくれないらしい。

真鍋が同じようにグラスを手に人の輪を離れて近寄ってきた。

「さっきの話って？」

「ほら、片想いしてるって話」

「…それ、もういいよ」

「いいっていうか、学内かどうかだけでも教えてくれよ。その…、水野《みずの》じゃないよな？」

「水野？」

水野といえば、ここにはいないが同じ学部のお嬢様っぽい娘だ。

「ひょっとして、お前水野好きなの？」

「シッ」

真鍋は慌てて指を口に当てた。

「前にさ、あいつが信田くんって優しくていいって言ってんの聞いたんだよ。だからお前が水野のこと好きなら両想いだなって…」

バツが悪そうな顔で、彼が言う。

いつもの強気な真鍋らしくないその姿に、思わず笑ってしまう。

「違うよ。俺が好きなのは大学の人間じゃない」

だから、肝心なところをごまかして話をする気になった。

「年上の人なんだ」

「年上？　何かお前に似合わないな」

「似合う似合わないの問題じゃないだろ？」

「そりゃそうだけど。ＯＬ？」

「そこは秘密」

「上手く行ってんの？」

「行ってればもっと喋《しゃべ》るよ」

「そっか、片想いだって言ったんだもんな」

テーブルの向こう側の騒ぎから離れて、俺達は座敷の端っこに寄った。

暗黙の了解というのか、距離を置くと誰も声をかけて来なかった。何を話しているかはわからないが、深刻な相談に違いないと思われたのだろう。

「告白とかしないの？」

「相手にもされてないよ。そっちは言わないのか？」

「俺、軽いしオタクだからなぁ…」

「オタクってほどじゃないだろ」

「女にはＳＦもアニメも一緒だよ。キモーイとか言われそうで」

「まあ好きって言うのは勇気いるよな」

「そうなんだよ。今のところ別に嫌われてるわけじゃないから、この関係を壊したくないっていうか、嫌われなくても意識されて離れられたらって思うと…」

「あ、それわかる」

思わず俺も頷いた。

「なまじ今が悪くないと、賭《か》けに出られないんだよな」

「そうそう。『そういうつもりじゃなかったのに』って言葉が怖いんだよ」

「わかる」

相手は違うけれど、片想いっていうのは誰も同じものらしい。

波瀬とは今のところ上手くいっている。毎日のようにも見られるし、優しい言葉もかけてもらえる。けれどももし自分が告白して、それこそ真鍋の言う通り『そういうつもりじゃなかった』と言われたら、そのせいで足が遠のいたら。

俺は母屋に自分から足を踏み入れることは許されていない。

波瀬と会えるのは彼が来てくれるからなのだ。

誤解させたくないと、会わないことを選択されて、彼が来てくれなくなったら同じ敷地に住んでいながらもう会うことができなくなってしまうだろう。

それが怖くて、『好き』と言い出せないのだ。

「やっぱ意識してもらうのが一番だよな」

「それはそう思うけど、何やったら意識してもらえると思う？」

「それがわかってれば俺がやってるよ」

「だよなぁ」

二人で、いかに好きな人にアピールするべきかを話し合ってると、三田が首を突っ込んできた。

「何、何？　二人で何深刻な顔してんの？」

「うるさいな、真面目な話してるんだから酔っ払いはあっち行けよ」

真鍋が言う通り、三田はもうすっかり出来上がっていた。

「何だよ、いいじゃん。せっかく集まったんだからみんなで飲もうよ。第一、信田は主賓だろ、端っこにいたってしょうがないじゃん。ほら、飲めよ」

三田は空になっていた俺と真鍋のグラスになみなみとビールを注いだ。

「飲め飲め」

「…仕方ないなぁ」

俺は苦笑しながらグラスに口を付けた。

三田には片想いの辛さなんてないんだろうな。

「お前には片想いとかわかんねぇんだろうな」

俺と同じことを考えたのか、真鍋が口に出して指摘する。

「何？　そういう話？」

「まあな」

「それなら俺だってあるぜ」

「だって三田には彼女いるじゃん」

「ばーか、ゲットするまでは大変だったに決まってるだろ」

「どうやってゲットしたんだよ？」

真鍋だけでなく、自分もその話題は気になったので、一緒になって身を乗り出す。

「それは、プレゼントとか、さりげない優しさとか。あとはヤキモチかな」

「ヤキモチ？」

「早くしないと他のヤツに乗り換えるぞって態度を取るんだよ。たとえば…」

三田はいきなり俺の首筋に顔を埋《うず》めた。

「あ、ばか、零れるだろ！」

慌ててグラスを避《よ》けると、首にチクッとした痛みを感じた。

「ほら、キスマーク」

「え？」

「あ、ホントだ。付いてる」

俺の首を覗き込んで真鍋が言った。

「ホントに？　三田、何してんだよ」

怒ると、彼はしたり顔で「まあまあ」と手で制した。

「そういうの付けてると、『あらどうしたのかしら』って思うだろ？　信田くんってば付き合ってる人がいるのかしらって」

「それで彼女がいるって思われたらどうするんだよ」

「だから、先に『友達に遊びでつけられた』って言うんだよ。そうしたら『俺が本当につけられたい相手は別にいるんだけどね』って言うわけさ」

得意顔でそう言う三田の頭を、俺は叩いた。

「その前にこんなの付けて家に帰れるか、バカ」

女がキスマーク付けてたら気になるが、男がキスマークつけてたからってどうなるって言うんだ。キスマークをつけるような女と付き合ってるなんて、呆れこそすれ妬《や》いてもらえるわけがないじゃないか。

「何だよ、いいじゃん男の勲章だろ」

「お前に付けられて何が勲章だ。そんなにくっきり付いてる？」

真鍋に確かめると彼は笑いを堪《こら》えた顔で頷いた。

「結構くっきり」

「三田」

俺も仕返しとばかりに三田の首に齧《かじ》り付く。

「あ、バカ、痛ぇよ。キスマークってのは噛み付くことじゃないんだぞ！」

「うるさい。彼女にその歯型の言い訳でも考えてろ」

「ちょっと、信田達何してんの」

せっかく真鍋と真面目に話してたのに。

「何でもない。三田がバカだって話」

俺は真鍋と目を見交わし、もうここでこれ以上話をするのは止めようと合図を送った。

真鍋も呆れ顔で頷いたが、その視線はまだ俺の首に向けられていた。目も笑っている。

気分は最悪だ。

「もういい。バカは放っておいて飲むぞ」

「そうこなくっちゃ」

まだ波瀬にすらキスマークを付けられたこともないのに、なんで三田ごときに痕《あと》を付けられなければならないんだ。

深酒はしない。

酔っ払うまで飲まないと決めていたのに、イラついて俺は杯《さかずき》を重ねた。

三田はいい。

あいつには可愛い彼女がいる。恋愛は上手くいってる。何をやっても成功してきたから、偉そうに言うのだ。

振り向いてもらえない人を好きになってる気持ちなんてわかりはしないのだ。

キスマークなど付けて帰ったら、波瀬はきっとほっとした顔をするだろう。俺に別の相手がいると誤解して『景一もやっと相手ができたな』なんて言われてみろ。

…考えただけでもヘコんでしまう。

「やだ、首どうしたの？」

女の子に指摘されると、余計気分は重くなった。

「三田につけられた」

これを波瀬には見られたくないなぁ、と。

一次会はその居酒屋で、二次会はカラオケに行った。

もう俺の誕生日なんでどうでもよくて、結局はずるずるした宴会でしかなかった。

「私、終電あるから」

という女の子の一言で解散が決まり、三田の家で飲み明かそうというグループから、俺も退散させてもらった。

「家の人間に外泊の許可取ってないんだよ」

付き合いが悪いと言われたが、他にも帰る人間もいて、三田を含めた男三人だけが彼のアパートへ向かうことになった。

俺はふらふらとした足取りながらも、電車に乗って何とか自分の足で家までたどり着いた。

大きな稲沢の屋敷の門の前を通り過ぎると、中から戸部が駆け寄って来た。

「今お帰りですか？」

「うん。戸部は？　こんな時間までどうしたの」

「あ、俺は夜番なんっす」

「へえ、大変だね」

「大丈夫ですか？　随分酔ってるみたいっすけど」

「大丈夫だよ。ありがと、おやすみ」

伸びてきた手を断って、そのまま壁沿いに裏手に回る。

裏口の扉を開け、離れの建物までを歩き、何とかカギを開ける。

真っ暗な部屋に明かりを点《つ》け、キッチンで水を飲み、部屋に戻ってベッドに仰向《あおむ》けに横たわる。

風呂に入ってさっぱりしたい気持ちもあったが、もしまたあんなことがあったら大変だから我慢することにした。

「あち…」

夜になるから寒いかと羽織って行った上着を脱ぎ捨てる。

それでもまだ暑い気がする。

「んー…」

気持ちは悪くない。

意識ははっきりしてる。

でも何だかふわふわしていい気分だった。

「随分遅かったんだな」

突然部屋に声が響いて、俺はガバッと起き上がった。

「波瀬…」

波瀬は、俺の様子を見てふーっとタメ息をついた。

「ち…、ちゃんと帰ってきたよ」

「当たり前だ。水、飲むか？」

たった今飲んだばかりだったけれど、俺は頷いた。

「うん」

酔っ払ったふりをしていれば、もう少し波瀬が付き合ってくれるかと思って。

波瀬は一旦部屋を出て行き、すぐにコップに水を入れて戻ってきた。

「ほら、落とすなよ」

ベッドに座る俺の隣に腰掛け、背中に手を回してコップを口に当ててくれる。

こんなに近くに来てくれるのは久しぶりだ。俺は酔ったふりをして彼の身体に頭をもたせかけた。

「怒ってる？」

「怒ってはいない。友人の付き合いってもんがあるだろうからな」

「でも泊まりの誘いは断ってきたんだよ？」

少しだけでも褒めてもらおうと、彼を見上げて反論する。

だが、その言葉の何がいけなかったのか、波瀬の顔は一瞬にして険しくなった。

「…波瀬？」

「泊まる？　どこに？」

声が僅かだが低くなる。

「どこって…、友達のところだけど…。ちゃんと帰ってきたじゃない」

何故怒ってるんだろう。何が悪かったのだろう。

「これを付けた友達か？」

その理由は、彼が俺の顎を取って上向かせたことでわかった。

「これ…？」

ハッとして、手で首筋を隠す。

「そこに何があるかわかってる動きだな」

「これは…、友達がふざけて…」

そこには、三田の付けたキスマークがあるのだ。

「随分情熱的な女友達だな」

「違うよ、男だよ」

自分に彼女がいるなんて誤解して欲しくない。そう思って言ったのだが、波瀬の片眉《まゆ》が上がった。

「男？」

問いかけと同時に、俺の顎を捉《とら》えていた手に力が入る。

「波瀬…？」

次の瞬間、波瀬の顔が近づき、キスマークの残っていた首筋に痛みが走った。

「い…っ」

吸い上げられる感覚。

三田がしたよりももっと強い力で、そこに波瀬がキスをしている。彼が自分にキスマークを付けている。そう理解した瞬間、快感で鳥肌が立った。

もしかして、これは三田のキスマークの上書きをしてるのか？　他人の付けた痕が許せなくて。

この波瀬が？

勢いが強く、身体が押し倒されるように傾き、そのまま仰向けに倒れた。

その途端、波瀬はハッとしたように身体を離した。

「…クソッ」

立ち上がろうとする波瀬の手を捕らえ、必死に縋《すが》り付く。

「待って！」

「離せ」

「嫌だ！　どうしてキスしたの？」

「キスしたわけじゃない」

彼が背を向けても、俺は怯《ひる》まなかった。

「したよ！　波瀬にその気がなくても、俺はそう受け取った」

だって二度とないチャンスだ。いつもガチガチに固めてる彼のガードが崩れた瞬間だ。

「誤解だ」

今手を放したら、きっと彼はもう二度とこんな隙《すき》は作ってくれない。それどころか、二度とこんなことをしないように、もっと距離を作ってしまうに決まってる。

「誤解じゃない！」

乱暴に摑んでいた手が振りほどかれたが、俺はすぐにもう一度、今度は身体ごと彼に抱き着いた。

「俺に痕を残した。波瀬が付けた痕だ」

「…景一」

「俺が他の男と寝たと思ったの？　だからキスしたの？」

「違う」

「じゃあ何故したの？　これがキスじゃないって言うなら、何だったの？　俺にわかるように説明してよ」

「それは…」

今しかない。

酔った頭でも、それだけはわかった。

「俺は…、波瀬が好きなんだ」

「景一」

「ずっと好きだった。本気で好きだ」

「止めろ」

「嫌だ、止めない。ちゃんと聞いてよ」

「お前は酔ってるだけだ」

「酔ってるけど、心にもないことを言ってるわけじゃない。波瀬だってわかってるくせに」

「景一」

波瀬が振り向く。

困った顔で、俺を見下ろす。

もう後戻りはできない。

たとえ冗談だよと笑っても、彼はもう二度と今までと同じようには接してくれないだろう。

「キスするなら波瀬がいい」

「俺はしない」

「したよ」

「こんなもんはキスでも何でもない」

「俺にとってはキスだ。今のはもう人工呼吸でも何でもない、理由なんか何もないキスだ」

「お前…」

逃げ出そうとしていた波瀬の力が抜ける。

すかさず俺は彼の腰にしっかりと抱き着いた。

「俺が嫌いなの？　俺じゃダメなの？」

「お前は誤解してるだけだ。ただ側にいてくれる大人が恋しいだけだ」

「それなら大滝にだって恋をしなくちゃならないじゃないか。俺は波瀬だけがいいんだ」

言い負かされてはいけない。

ここで引いたら終わりだ。

「俺なんか、いいとこの一つもねぇ…」

「いいところが好きになったんじゃない。波瀬なんて、無愛想で、口が重くて、怖くて…。でも、好きなんだ、優しいと思ったんだ、側にいて欲しいって思ったんだ」

「…お前は親父の息子だ、手は出せない」

やっぱり波瀬の拒絶の理由はそこなんだね。

俺にはどうにもならない理由なんだ。

「俺がどんなに波瀬を好きでも？」

「お前はもっと可愛い女でも相手にしろ」

「俺は波瀬が好きなのに、波瀬は他の人と寝ろって言うんだね？　それが答えなんだね？」

返事はなかった。

乱暴にではなく、ゆっくりと、指の一本一本を剥《は》がすように、彼が俺の手を解《ほど》く。

「…わかったよ。じゃあいい」

俺は自分から波瀬を摑んでいた手を離した。

そんなにあからさまにほっとしたような顔をするな。悲しくて、悔しくて、涙が出る。

「景一」

脱ぎ捨てた上着を拾い立ち上がる。

「どこへ行く」

「誰かと寝て来る」

「景一」

「波瀬が言ったんだ。他のヤツと寝ろって。だからどこの誰とも知らない男と寝てくる」

「そんなことは言ってねぇだろう」

今度は波瀬が俺の腕を摑んだ。

「女と寝ろと言ったんだ」

「誰を選ぼうと一緒だよ。波瀬じゃないなら。でもせめて男だったら、目を閉じて波瀬だと思うことができる」

「バカなことを言ってんじゃねえ」

「バカ？　どこが？　あんたが好きだってことが？」

「見ず知らずの男に抱かれるなんて言い出すことがだ」

「どうだっていいじゃないか。俺が望むことなんだから、波瀬には関係ない」

「景一！」

頰が鳴って、痛みに頭がクラクラした。

平手で殴られたのだというのは、目眩に座り込んでから気が付いた。

「あ…、スマン」

今、一番自分が嫌いだ。

「お前があんまりバカなことを言うから…」

世界中で一番自分が嫌いだ。

波瀬が、唯一手を出さない立場にいる自分が。

みっともなく愛を乞《こ》い、それでも何も得られなくて。逃げ出すことも許されずに叩かれて、悔しくて悲しくて、醜くなってゆく自分が。

「…俺の気持ちは踏みにじるのに、心配だけしないで」

差し出された波瀬の手を払いのける。

「殴られるより、他の男に抱かれるより、波瀬に自分が好きじゃないという理由じゃなく拒まれることの方が辛いってわからないくせに、そんな顔しないで！」

「景一」

「俺が簡単に『好きだ』って言ったと思ってるんだろう？　もう二度と波瀬が自分に近づいてくれないかも知れないって、ずっと怖くて言い出せなかったことも知らないで…。それとも子供だと思って信じてないの？　男同士でセックスすることだって知ってるのに？」

「そういう問題じゃない」

「…そうだね。波瀬の問題は父さんのことだけだものね。俺なんかどうでもいいんだ」

「そうは言ってない」

「同じことだよ。もういい…」

ふらふらする足取りで、俺はもう一度立ち上がった。

「出掛けてくる」

「止めろと言ってるだろう」

「どうして？　俺が自分の望むことをするだけだ、犯罪をしに行くわけじゃない。二十歳にもなれば男としての性欲だってある。それを満足させに行くことをどうして止めるの？　俺が誰に何をされても、波瀬には関係ないでしょう？」

こんな時なのに、俺は笑った。

惨めで、本当に自分が愚かだと思って。

「誰かに突っ込まれて自分がバカだったたって思ったら帰って来るよ。波瀬のことも忘れる」

「景一」

もう一度手が伸び、今度は波瀬が俺を捕らえた。

「離して！」

「お前は誤解してる」

揉み合っているうちに俺の足が持ち帰った皆からのプレゼントの入った袋を蹴《け》り倒す。

「誤解《わめ》でも何でも関係ない。答えは出たんだから。波瀬は俺を…」

喚く俺の唇を、波瀬の唇が塞《ふさ》ぐ。

合わさっただけでなく、舌を差し込まれ、乱暴に貪《むさぼ》られる。

舌がからまって、吸われて、それでもまだ離れてくれなくて、こめかみの辺りがズキズキした。

「女も知らねぇ童貞で、何が他の男に抱かれてくるだ。ケツに突っ込まれて悦《よ》くなるとでも思ってんのか」

いつもと違う彼の顔。

ギラギラとして、ヤクザそのものの鋭い目付き。

「俺が優しいとか夢みてぇなこと言ってんじゃねぇよ。どれだけてめぇを抑えてるか、ガキにはわかんねぇだろう」

髪を摑まれ、乱暴に顔を上げさせられる。

「逃がしてやってるうちに逃げりゃあよかったんだ」

「…波瀬」

「泣いて喚いても、誘ったのはお前だ」

「ん…」

波瀬は再び俺の唇を奪った。

激しく、乱暴に。

だが俺は泣きも喚きもしなかった。

自分の知らない彼の一面を見ても、嬉しいと思うだけだった。

それほど、俺は波瀬に溺れていた。

堰《せき》を切ったように、彼の欲望は一気に吹き出した。

俺が想像していたのは、何かに遠慮しながら自分の望みに応えようとする波瀬の姿だったが、現実の彼は全く違っていた。

自らネクタイを外し、スーツを脱ぎ捨て、ワイシャツの襟元のボタンを幾つか外して喉元を緩めると、俺をベッドに押し倒した。

何も言わない。

脅す言葉も、愛の言葉も。

見下ろす顔は険しく、視線は睨みつけるように強い。

彼のこんな顔を、何度か見たことがある。

俺に向けられたものではなく、大滝と『仕事』の話をしている時や、父さんに呼ばれて行った母屋で組の人間と何かを話している時に。

怖い、と思った。

彼もやはりヤクザなんだと思った。

でも恐怖は嫌悪には繋がらなかった。

その脅威に憧《あこが》れる気持ちも湧かなかった。

ただ、彼が自分が見ているだけの人間ではないのだと、単純な感想が残っただけだった。

今もそうだ。

波瀬の豹変《ひょうへん》は俺を驚かせた。

彼にこんな激しく乱暴な一面があるのかとは思った。自分に対して強い性欲を抱いていたのかとも思った。

けれどそれで、彼の手が自分に触れることを怖いとは思わなかった。

シャツが捲られ、露《あらわ》になった胸に手が置かれる。

「オトモダチとはどこまでふざけた」

問いかけながら手が胸を撫でる。

「…キスマークを付けられただけ。酔ってたんだ」

その手が乳首で止まる。

「お前が？　相手が？」

「相手が」

「お前のことが好きだったのかも知れんな」

「違うよ。だって、彼女がいるもん。本当に酔ってただけ…う…」

乳首を指で摘《つ》まれて、言葉が止まる。

「そうか」

顔が近づき、指が捕らえていた場所に唇が当たる。

そしてすぐにそれは舌になった。

「あ…」

三田を罵ったことを、少しだけ心の中で謝罪した。

くだらないことを言って、と思ったが、結局あいつの言う通りになった。波瀬は、あいつのつけたキスマークで動いてくれた。自分がどんなにアピールしてもなかったことにし続けていた人が。

「煽《あお》られたな」

胸を吸い上げながら、彼の手がズボンにかかる。

ウエストに指を入れ、グッと引っ張ってゆとりを作ってからボタンを外し、ファスナーを下ろす。

視線など向けなくても、そこに何があるのか、どうすればいいのかわかっているという手つき。

彼が、元々男性を相手にする人なのかどうかはわからないが、抱くという行為には慣れているのだと教える。

「あ…！」

だから躊躇《ちゅうちょ》なく、手は下着の中に滑り込み俺を握った。

「半勃《だ》ちだな」

大きい手に包まれて、すぐに反応してしまう。

「本気で俺に抱かれたかったか？」

「そうじゃなきゃ…、好きなんて言わない…」

自分でしたことはある。

でも感覚は全く違う。

俺よりも、俺のどこを弄《いじ》ればどうなるかを知ってるみたいに。

「う…」

下だけじゃない。彼が吸い続けている胸も、快感を生む。自分でする時には胸なんて触ったことなかった。胸を愛撫《あいぶ》の対象にするなんて考えていなかった。男だから。

でも彼は執拗《しつよう》に胸を舐《な》め続けた。

視線をちょっと下へ向けるだけで、波瀬の舌が自分の乳首を転がしているのが見える。

それを見ると下半身が反応し、ダイレクトに彼の手に伝える。

「どっちで感じてる？　上か？　下か？」

答えられないでいると、彼は胸を舐めるのを止め、下だけを握った。

指がゆっくりとした動きで俺を扱《しご》き上げる。

根元は摑むように先は指で擦《こす》る。

「あ…、や…っ」

早すぎると自分でも思うけれど、たったこれだけで俺はもうイキそうだった。

「やだ…、波瀬…」

「止めて欲しいか？」

イッてしまうからちょっと待ってと言うつもりの言葉を、彼は拒絶ととった。

「だが無理だな」

でも手は止まらなかった。

「あ…、違…っ。だめ…、出る…」

「もう？　…ああ、童貞だったな」

事実を口にしただけの言葉に顔が熱くなる。

「いい、イけ」

「でも…、波瀬の服が…」

「汚してみろ」

「や…」

そうは言ってくれても、心のブレーキがかかってギリギリのところで足踏みする。

硬くなって痛いほどなのに、先は濡《ぬ》れてきているのに、イケない。

ただ快感だけが強くなり、全身が痺《しび》れてくる。

「どうした？　イけないのか？」

「だって…」

「仕方ねぇな」

彼が身体をずらし、手を離し、俺の下半身に顔を埋める。

「いやっ！　ダメ…っ！」

何をする気かわかって声を上げたが、遅かった。

思わず身体を起こした俺の目に映ったのは、開いた俺の足の真ん中に彼がひれ伏すように蹲《うずくま》った姿だった。

「あ…」

生温かく濡れた感触が俺を包む。

「…ひっ…」

首筋まで鳥肌が立つ。

自慰では得られない感触と感覚。

波瀬が…。

「やだ…」

…俺を舐めてる。

その意識が刺激よりも強く俺を煽り、ほんの十数秒で俺は射精した。彼の口の中に…。

「う…」

恥ずかしくて、生理的に涙が零れる。

力が抜けて、もう一度ベッドに倒れ臥《ふ》す。

その俺の視界に口を閉じた波瀬が映る。

波瀬は辺りを見回し、ティッシュを取ると、そこへ自分の口の中のものを吐き出し（俺の、だ）丸めて捨てた。

「イケたな」

冷静な声に羞恥が増し、両腕を組むように顔を隠す。

恥ずかしい。

抱かれたいとは思っていたけれど、彼の口に…。

「まだ俺に抱かれたいか?」

でもその問いには、顔を隠したまま頷いた。

ほんの少しだけセックスに対する恐怖は湧いたけれど、ここでノーと言えば彼はもう二度と俺に触れないともわかっていたので。

「…波瀬が好き」

「困ったガキだ」

波瀬が部屋を出て行くのがわかったけれど、俺はそのまま動けずにいた。

無防備な下半身に気づいても、横を向き、膝《ひざ》を縮めるだけで、手はずっと顔を隠したままでいた。

きっと今、自分は浅ましい顔をしている。

でも後悔はしていない。

彼が自分に触れてくれたことは喜びだった。生々しい感覚は忘れたいものではなかった。

今更だけれど、自分が本当に波瀬を、そういう意味で愛していると実感した。何度も言われた誤解などではなく、俺は性欲も含めて彼が欲しかったのだと。

「うつ伏せになれ」

突然、出て行ったはずの波瀬の声が響いて俺は腕を退《ど》けた。

「聞こえなかったのか？　うつ伏せになれと言ったんだ」

「…波瀬？」

「やる気満々だったんだろう？　こんなものまで揃えて」

そう言う彼の手には、真鍋が冗談でくれたコンドームがあった。さっき、彼と揉み合っている時に倒した袋の中から出てきてしまったのだろう。

「使ったこともねぇんだろう？」

「…ない」

「こいつもオトモダチがくれたのか？」

「…そう」

「ロクでもねぇな。俺に犯《や》れと言ってるようなもんだ」

「波瀬…？」

「うつ伏せになれ、ケツを上げろ」

もたもたとしていると、彼の手が強引に俺の身体を引っ繰り返し、まだ腰に残っていたズボンを下着と共に引き下ろした。

「あ」

剝《む》き出しになった下半身に彼の手が触れる。

「や…。何…？」

「誰でもいいから突っ込んでもらうつもりだったんだろう？　ここまできてわかんねぇと言うなよ」

手は尻《しり》を撫で、その奥に触れた。

「や…」

思わず腰を引くと、腰骨を捕まれ、抱き戻される。

「俺がまだだ」

「波瀬」

「望んだんだろう？」

「う…」

されることはわかった。

でも怖い。

「待って…ひ…っ」

何かが、俺の尻を濡らす。

かけられた液体が、内股《うちまた》を伝ってベッドへ滴ってゆく。

まるで自分が粗相をしたみたいな感覚に襲われる。

それを羞恥と感じる前に、指が中へ入る。

「い…っ！」

ぐちゅっ、と嫌な音がした。

「ずっと腰は上げてろ」

今度は何をしているのか、見ることはできなかった。

ベッドに顔を突っ伏し、彼の言われる通りにすることしかできなかった。

「…今なら、口ですりゃあ許してやる。それでもお前には辛いだろうがな」

「いい…。してもいい…」

怖いし恥ずかしい。

「でもその前に…、好きだって言って…」

逃げ出したいくらいだ。

「ガキだな…」

でも欲しかった、波瀬が。

突っ込まれたいというのじゃない。そこまで身体がオトナなわけじゃない。でも彼が自分と繋がれば、もう波瀬は逃げない。

計算高い答えだ。

ああ…、俺は醜い。

でも波瀬が欲しい。逃したくない。

「あ…、あ…」

中を弄られて、背後から急所を摑まれて、揉まれて、元々酔っていた頭はもうまともな思考もできなくなっていた。

頭の中にあるのは、ただもう波瀬を離したくないという一心だった。

「や…」

彼は、『好き』と言ってくれないまま、俺のを嬲《なぶ》った。

指を入れたまま、俺のモノを握りまた勃起《ぼっき》させた。

今度は最後までイかせず、その状態で放置すると胸を弄った。

「ひ…」

指があるということに違和感を覚えなくなった頃、それが動き出す。

「やだ…」

抜いたり、入れたりを繰り返し、中で動いたり。

「あ…」

声を上げ過ぎた俺の喉は乾き、痛みを感じた。

それでも彼は許してくれなくて、ずっと極限状態のままの俺を弄《もてあそ》び続けた。

ひょっとして、性欲のはけ口にされているだけなのだろうか？　遊び相手に選ばれただけなのだろうか？

そんな疑念が湧くほどに。

淫《みだ》らな音と俺の喘《あえ》ぎ。

それだけが漂う部屋。

波瀬の声は聞こえない。

「ん…、だめ…」

堪らなくなって自分で股間《こかん》に伸ばした手は払われた。

「自分でするな」

「もう…だめ…」

また先が濡れる。

指が増やされたのか、圧迫感を感じる。

でもまだ彼は止めなかった。

どれだけ長くこんな時間が続くのかと思った時、指が引き抜かれた。

「…これ以上は無理だな」

呟く声に、これで終わりなのかとどこかで安堵した。最後までできなくても、いい。もうこれで十分だ。

早くイかせて欲しい。

けれど次の瞬間、俺の口は彼の手で塞がれた。

もしそうしなければ悲鳴が大きく漏れただろう。

「ん、ンンー…ッ！」

腰に痛み。

肉が裂ける。

皮膚が破れる。

「お前はバカだ…」

波瀬が、入ってくる。

「…セックスが綺麗事《きれいごと》だと思ってんのか」

「痛…っ、いたい…っ」

手の外れた口から溢れるのは、痛みを訴える言葉だけだった。辛くて、我慢できなくて、涙が零れてくる。

それでも容赦なく彼は俺を突き上げた。

「だから、我慢してやってたのに」

身体が揺らされる度に中のものが深く突き立てられる。

彼が入ってくることに快感などなかった。

「泣き喚いて助けを乞うだけだとわかってたから、触れなかったのに。お前はバカだ」

彼が前を握ってくれても、それより痛みの方が強かった。

「俺の忍耐を無駄にした」

「ひ…、や…っ。痛い…」

「ガキの誘いにまんまと乗った俺もバカだ」

「波瀬…ぇ…」

「わかるか？　俺はそれほどお前に惚れてた」

頭を摑まれ、無理やり後ろを向かされる。

繋がった場所が、ズキズキと痛む。

呼吸をする度に、そこの肉が痙攣《けいれん》するように締まる。

目の前にある波瀬の顔が、真っすぐに俺を見る。

「好きだ」

その一言だけで、報われた気がした。

たとえ映画や小説のように美しく優しい結末じゃなくても、自分の好きな人が自分を好きだと言ってくれたことだけで、何もかもがどうでもいいと思えた。

涙と唾液《だえき》でぐちゃぐちゃになった顔に、彼が軽いキスをする。

「これで二度とお前が俺に近づきたくないと思っても、お前にブチ込めて俺は満足だ」

悲しいような、切ない笑みを浮かべて。

そして手を離して俺を自由にすると、腰を捉えて何度も何度も俺を貫いた。

「ひ…っ、あ…ッ！」

俺のことなど構わず。

自分の最後を望むように。

「…景一」


全てが終わった後、波瀬は汚れた俺を抱き上げて風呂場へ向かった。シャワーを出し、全身を流してくれた。

ぬるめのお湯は傷にしみたけれど、心地よかった。

バスタオルにくるまれ、再び寝室へ運ばれる。

ベッドはもう寝られる状態ではなかったので、彼は俺を畳に座らせると手早くシーツを替えた。

脱ぎ捨てられた波瀬のスーツの中に、短刀の鞘《さや》が見える。いつもあんな物を持ち歩いているのか。

彼はヤクザだ、とそれでまた痛感した。

「もう懲りただろう」

いつもの無愛想な顔に戻った波瀬が、俺をベッドに横たえながら訊いた。

「何に？」

「…ケツを掘られることだ」

「痛かった。でも相手が波瀬ならいい」

「それならもう少し優しくしてやればよかったな。二度としたがらないように、酷《ひど》くした」

「…そうなの？　わかんない」

「もう少しはな」

「じゃあ次はそうして」

「次があるのか」

「俺はして欲しい」

彼はむっと顔をしかめた。

「…バカだな。あれだけ泣き喚いたのに」

「波瀬を好きになった時点で、俺はバカだよ」

肩まで布団をかけてくれた彼が立ち去ろうとするので、俺は身体を起こした。

「痛ッ！」

その瞬間、腰から全身に鋭い痛みが走る。

「寝てろ」

「…行かないで」

「汚れ物を片すだけだ」

汚れたシーツと、何に使ったのかわかったオリーブオイルのビンを手に彼が出てゆく。

時計を見ると、まだ夜中の二時だった。

「薬を塗るから、足を開け」

戻った波瀬が布団を捲る。

「いい、自分でやる」

「傷が見えないだろう。黙ってろ」

指が傷付けた場所に軟膏《なんこう》を塗り込む。

しみはしなかったが、痛みはあった。でも痛みよりも、そこをまた波瀬の手が触れていると思うと恥ずかしくて、顔から火が出そうだった。

「今夜は下着はつけずに寝ろ」

「…慣れてるんだ」

「年相応にはな」

「悔しいな…」

「何が？」

「波瀬が他の人を抱いてたことが。俺は初めてなのに」

「くだらねぇ」

大きな手は、俺の頭を撫でた。

「俺がやりたい盛りには、お前はまだ小学生だ」

波瀬は、いつも置いてある本棚の端から灰皿を持って来ると、それを床に置いてベッドの傍らに座り、タバコに火を点けた。

「キスマークとコンドームにまんまと煽られたな。後悔してねぇのか…」

「俺はしてない。…してるのは波瀬の方じゃない？」

「してる」

率直な返事に胸が痛んだ。

「お前だけは、綺麗なままとっておきたかった。親父がお前を稲沢の家に入れないと決めた時、俺と大滝は二人で決めたんだ。お前だけは、まともに育てようって」

疲れたような声。

「自分達が今更身綺麗になりたいとは思わない。そういうことを望むには、もう随分なことをしてきたからな。だがお前は、俺達を怖がりもせず懐いてくれた。まっとうで、頭がよくて、人にも好かれる。そういう…、理想みたいなものが、手の届くところにいて、自分達を好いてくれることが嬉しかったんだ」

その話は以前もされた。

俺が二人の理想の弟だ、みたいなことを。

「だからお前に欲情しても、我慢してた。お前だけは汚しちゃいけない、と」

「俺は汚れたなんて思ってないよ。それとも、あんなふうに抱かれたことを喜んでる俺は、もう汚れた人間にしか見えない？」

波瀬は俺を見て優しく笑った。

「俺は、お前に傷一つ付けることはできなかった。お前は変わらず綺麗だ」

「十人並だよ」

「顔じゃねぇよ」

わかってるけど、彼が綺麗という度恥ずかしくて、どこか遠ざけられてる気がして、彼の言葉をそのままに受け取ることができなかった。

「俺、この家を出るよ」

「景一？」

「この家にいる限り、波瀬は父さんのことを気にするでしょう？　どうせ稲沢の籍には入ってないんだし、父さんも反対はしないと思うよ」

「金はどうする？」

「父さんに出してもらってた分はちゃんと帳面に付けてあるんだ。どれだけ長くかかっても返すつもり。これからの生活費はバイトするよ」

「帳面って…、お前そんなもの付けてたのか」

波瀬は驚いた目を向けた。

「うん。最初は何をしてもらったか覚えておきたくて付けてたんだけど、その内、大人になったら返したいと思って。大学の学費までは稼げないけど、生活費ぐらいなら何とかなるよ」

「大学を辞める必要はない」

「でも…」

「それぐらいは俺が稼いでる」

「波瀬…」

「景一がそこまで考えてるなら、俺も腹をくくる。どっか部屋でも借りて、二人で暮らそう」

鼻の奥がじん、と痛くなる。

「本当に…？」

「すぐというわけにはいかないだろうがな」

「待つよ。波瀬が迎えに来てくれるなら」

目頭が熱くなり、視界が歪む。

「泣くな」

タバコを消して、彼はもう一度俺の頭を撫でると、立ち上がって部屋の明かりを消し、ベッドの中に入ってきた。

「詰めろ」

「一緒に寝てくれるの？」

「朝、熱が出るかも知れないからな」

太く逞《たくま》しい腕が俺の首の下を通して頭を抱える。

「色々あるだろうが、お前は何もせずに待ってろ」

「うん」

「次は…、もう少し優しくしてやる」

「…うん」

タバコの匂いのする唇がキスしてきて、布団と波瀬の温もりに包まれると、俺はすぐに寝入ってしまった。

本当は眠りたくなかった。

嘘みたいに幸福だったから、眠ってしまったらみんな消えてしまうのではないかと怖かった。

でも、酒も入っていたし、激しい運動の後だったから、睡魔に抵抗することなどできなかった。

「おやすみ」

この上なく優しい波瀬の声を聞いたのも、まるで夢のようだった…。


目が覚めると、腰も、喉も痛かった。

全身が筋肉痛で、身体は熱っぽかった。

「風邪だろ。今日はガッコは休め」

朝食を作って持ってきてくれたのは、大滝だった。

そう言った後ににやにやと笑ったところを見ると、波瀬は大滝に話したらしい。

「本当は栗《くり》ご飯にしようかと思ったんだけどな。食べ易いほうがいいかと思ってお粥《かゆ》だ」

「お粥はいいけど、なんで栗ご飯？」

「女だったら赤飯ものだろ？　でも男だから栗ご飯」

「…よくわかんない」

取り敢えず、大滝が自分達のことに対して反対ではないことにほっとした。

彼に恋はしていないが、大滝のことも好きだったし、波瀬にとって大滝が大切な人間だとわかっていたから。

「それにしても、あいつがお前に手を出すとはな」

…やっぱり知ってたか。

「俺は、あいつは一生耐えて、お前の結婚式に笑って参列するタイプだと思ってたよ」

「俺も、ダメだと思ってた」

「どうやってオトシたんだ？」

まさか友人の付けたキスマークと、誕生日プレゼントのコンドームで火が点いたらしいとは言えないので、黙って肩を竦めた。

「波瀬、父さんに言うのかな…」

「真面目だからな、いつか言うだろ。今日は止めとけって言ったけどな」

「どうして？」

「親父に乗り込まれても、お前動けないだろ？」

「父さん、怒ると思う？」

大滝はジェスチャーで『タバコ吸っていいか』と訊いてきたので、黙って頷いた。

「お前も波瀬も、親父のことを見誤ってる。俺はあの男はそんなにいい人間じゃないと思ってんだよな。だから、自分の庭先で自分の息子だと思ってる者に手を出されたら、お前が大切だとか何だとかって問題とは別に、メンツ潰されたって怒るかも知れない」

粥は美味《おい》しかった。

だから彼の話を聞きながら、俺はそれを食べ続けた。

「だいたいからして、親父が景一に何も望まず育ててるってのが胡散臭《うさんくさ》い。三奈《みな》さんだって…、お前の姉ちゃんのことだが、三奈さんだって、結局取引先の銀行屋に無理やり嫁がされたもんだ。三奈さん、惚れた男がいたんだぜ」

「そうなの…？」

「だからな、波瀬がお前に手を出したってんなら、そこは信用してもいいだろうが、親父のことは信用すんなよ。暫くは誰にも知られないようにしてろ」

「わかった」

「にしても、お前が波瀬でオトナになっちゃうとはなぁ」

まだ食事をしてる俺の頭を、大滝の手がぐりぐりと撫でる。

波瀬のように優しくではなく、ちょっと乱暴に。

「お粥、零れるよ」

「あいつは気まずいから、今日の夜にちょっとだけ顔出すってよ。誕生日プレゼントを渡し忘れたって。お、そうだ。俺はこれな」

言いながら、彼は持ってきていた紙袋を差し出した。

「ゲーム機。今日はケツが痛くて一日動けないだろうから、これで遊んでな」

言われなくても、今こうしてる間も尻が熱を持ってズキズキと痛んだ。

「大滝や波瀬って男と寝たことあるの？」

「そいつは訊かない方がいいぜ。俺達はお前が知ってるより汚れた人生だからな」

「大滝は味方だよね？」

問いかけると、大滝は一瞬黙った。

反対なのかと思ってドキリとしたがそういうわけではなかった。

「お前はさ、俺にとって可愛い弟みたいなもんだ。波瀬はダチだが、不器用で、危なっかしいところがある。でも二人共幸せになって欲しいと思ってる」

「大滝…」

「だからできるだけ協力してやるよ」

彼はそう言って笑った。

誰が認めてくれなくても、大滝は認めてくれる。

それだけでも心強い。

大滝は、ゲーム機をセットしてから、仕事があると出て行った。

お腹《なか》がいっぱいになるとまた眠くなって、俺は目を閉じた。

再び目を開けた時にはもう夕暮れだったが、まだ身体は痛かった。

携帯電話を見ると、友人達からメールが何通か入っていた。

二日酔いか、酔ってケガでもしたのかという内容だったので、取り敢えず大滝の作ってくれた『風邪』という理由を使わせてもらった。

大滝がセッティングしてくれたゲームで暫く遊び、空腹を感じたので自分で起きてカップ麺《めん》を作って食べた。

随分遅くなってから顔を見せた波瀬は、ぶすっとした顔をしていた。

どうやらかなり大滝にからかわれたらしい。

そして前から俺が欲しがってた腕時計をプレゼントだと言って渡してくれた。本当は、何を贈ろうか悩んでるみたいだったので、敢えて彼の前で『これが欲しいんだよね』と繰り返していただけだったのだけれど。

身につけるものを、彼から受け取りたかった。

あの頃は、波瀬が自分に応えてくれると思っていなかったから、せめて彼を感じられるものを手に入れたかったのだ。

でも今はその腕時計が婚約指輪みたいで嬉しかった。

「明日は大学も休みだろう。少しゆっくりしてろ」

優しい言葉をかけられたけど、俺は首を振った。

「ううん、出掛ける」

「出掛ける？」

「前々から約束してたところがあるんだ」

「その身体でどこへ行くんだ？」

「花梨ママのとこ」

「花梨ママ？」

「母さんの友達。子供の頃からこの家に来るまで面倒見てくれたんだ。お葬式の時に波瀬も会ってると思うよ。二十歳になったら、顔を見せに行くって約束してたんだ」

「…そうか。じゃ、生理のナプキンでも持ってきてやる」

「せい…り？」

「女のアンネの時に使うだろう。まだ傷が痛むだろうから、それを…」

平然と語る波瀬の言葉を俺は遮った。

「いい、いらない。そんなの使わない」

「だが」

「いらない」

そんなもの、使えるわけがない。

優しいんだか、デリカシーがないんだか。

「今夜は一人で眠れるな？」

「一緒にいてくれないの？」

「傷を酷くされたくないだろう。一緒に寝たら我慢できん」

…デリカシーがないんだ、きっと。

「朝飯は運んで欲しいか？」

「いい。自分で適当に食べるから」

「そうか、お休み」

いつもは頭を撫でられるのだが、今夜は違った。

横になってるベッドの傍らまできて、かがみこむようにそっとキスされる。

その違いが、自分達が恋人になれたのだという実感をくれた。もう、離れることを不安に思わなくていいのだ。

「おやすみなさい」

幸福は、まだ続いていた。

そしてこれからずっと、一生続くと思っていた。

たとえ困難があったとしても…。


一日ゆっくり寝ていたので、翌日は何とか動けるようになっていた。

でも食事を作るのは面倒で、家を出てから駅前のファストフードで簡単に済ませることにした。

ママの店へ行く前に、まず母さんの墓へ向かった。

父さんは約束通り、母さんの墓を用意してくれた。郊外にあるお寺だが、一人では納骨先を見つけることも難しかっただろう。

小さな墓石の前で手を合わせ、買ってきた花を供える。

色々あったけど、好きな人と結ばれたことを報告し、それがヤクザで、男であることを謝罪した。

でも、ちゃんと恥じない人生は送るからとも誓った。

それから　昔住んでいたアパートへ向かう。

木造二階建てのアパートは、もうそこにはなかった。

取り壊され、新しく美しいマンションへと姿を変えていた。

時間が経ったんだなぁと痛感する。

「あの頃、十五だっけ…？　もう五年か…」

大人になった、と思う。

でも無くなってしまったアパートに涙ぐんでしまうところは、まだ子供だなとも思う。

時々襲ってくる腰の痛みをごまかしながら、最後に向かったのは花梨ママの店だった。

今日行くことは一カ月前から連絡していたので、店にはママも、当時働いていたお姉さん達も揃っていた。

「花梨ママ」

扉を開けた途端、華やかな女性達が嬌声《きょうせい》を上げる。

「うそ、景ちゃん？」

「やだ、大きくなって」

「ハンサムになったじゃない。優香さんそっくりだわ」

店は、俺が覚えている頃とは随分様変わりしていた。

昔はもっときらきらとして華やかだった気がするけれど、今は少し寂れた感じがする。置かれているソファも、昔よりあっさりとしたデザインだ。

俺をしげしげと見つめる花梨ママの顔にも皺が増えたし、以前より化粧も濃くなっていた。

「もうお酒飲めるのよね？」

よく見ると、髪に白いものも見つけられるのかも知れないが、それはしなかった。まだ若くいたいと着飾る彼女のために。

「ママ、まだ昼間だよ」

「堅いこと言わないの」

「…でもゴメン、今日は止めとく。昨日風邪引いちゃって寝てたから」

「あら、大丈夫？」

「うん。でも一応、ね」

酒には弱いし、学生なのに真っ昼間っから飲酒というのは、たった今母に『恥じない人生』と誓ってきたことを裏切る気分になるので遠慮した。

「その代わり、今度ちゃんと夜にお客さんで来られるようにするよ。だからママもそれまで元気でいてね」

「泣けるようなこと言って」

香水の匂いに包まれると、あの頃を思い出す。

母さんが自分を一生懸命育ててくれていた頃を。

裕福ではなかったけれど、毎日抱き締められて、愛されて、幸福だった。

今の家は何でも揃うけれど、自分を抱き締めてくれる腕はない。

でもこれからは、違う。あそこにそのまま住むにしろ、出て行くにしろ、波瀬がずっと側にいてくれるのだ。

「景ちゃん、何か不自由してることはない？　稲沢に何かされたりしてない？」

「よくしてもらってるよ。何かされたりなんてないよ」

ママの心配を笑い飛ばしたけれど、俺はふっと考えた。

「ママ、父さんのことよく知ってるの？」

「そりゃ長い付き合いだもの」

「父さんがその…」

言い淀《よど》むと、彼女は苦笑して後を引き継いだ。

「稲沢がヤクザの組長だってことは教えたでしょ」

「母さん、俺が稲沢の家に行ったこと、怒ってるかな…」

お姉さんの一人が差し出してくれたアイスコーヒーを受け取りながら尋ねると、ママはさあねぇと零した。

「あの時、正直言って私が景ちゃんを引き取ってもいいと思ってたわ。でももし私のところへ来たら、高校は出してやれたけど、大学までは無理だったでしょうね。悔しいけど、あんたをヤクザにしなかったのなら、稲沢のところへ行ったのは正解だと思うわ」

「でも、母さんは稲沢さんの援助を断ったんでしょう？」

「援助？　そんなもの最初っからなかったわよ」

「…え？　でも父さんは申し出たけど断られたって…」

「死んだ人間相手なら何とでも言えるわね。手切れ金渡してポイよ。ヤクザの言うことは信じちゃダメよ。連中、ホントに芝居が上手いんだから」

ママの態度にもやもやとした不安が湧く。

大滝も、父さんは『いい人間じゃない』と言っていたっけ。

「景ちゃんももう大人だから話してもいいわね。あの頃、私と優香は同じ店に勤めてたの。そこに来た客が稲沢よ。優香はただの客としか思ってなかったんだけど、稲沢が入れあげてね。半ば強引に自分の女にしたのよ」

「ヤクザってそういうとこあるわよねぇ」

お姉さんの一人が合いの手を挟む。

「暫くはまだよかったの。金も使ってくれたし、優香にも色々贈り物をくれたりしたし。でも、他の女に目が移ったらそれで終わり。その頃優香のお腹にはあんたがいて、生みたいから認知して欲しいってお願いに行ったら、手切れ金渡してお払い箱にされたのよ」

…父さんの説明とは違う。

父さんは援助を申し出たけど、ヤクザを嫌った母さんに断られたと。会いたかったけど、俺のためを思って距離を置いたと言っていたのに。

「景ちゃんがあの男と一緒に住んでるからあんまり悪くは言いたくないけど、私は嫌いだったわ」

母さん…。

母さんはどうして俺に父さんのことを話してくれなかったの？

ヤクザだったから？　それとも強引に手を出されたから？　子供ができたのに捨てられたから？

母さんが何も語ってくれなかったから、俺は父さんの言葉だけを信じてきたけれど、本当はどうだったの？

花梨ママの言う通りだったの？

「ショックだった？」

「…軽く」

「そう。でも景ちゃんももう二十歳だから、綺麗事だけじゃなくて真実を知らなきゃね。あの男に言いくるめられたら、優香が浮かばれないわ」

「俺…、父さんには感謝してる。父親が欲しかったってわけじゃないけど、現れてくれて嬉しかった。初めて会った時、会いたかったって抱き締められて涙が出た。今はほとんど顔を合わせないし、籍にも入ってないけど、大学に行かせてもらって何不自由のない暮らしをしてる。そういうのを全部引っくるめて、あの人は俺の父親なんだと思ってる」

父さんの顔を思い出そうとして、一瞬頭の中が真っ白になった。

思い出すべき顔は、その空白の後に訪れた。

母さんの顔ならいつだって思い出せるのに。

「そう。ならいいのよ。決めるのは景ちゃんなんだから」

「うん」

「それより、こんなに立派になったんだもの、彼女の一人ぐらいできたでしょう？　写真とか持ってないの？」

その話題にも、俺は少し戸惑う。

「彼女はいないよ。好きな人はいるけど」

「あら、片想い？　でも景ちゃんなら平気よ」

花梨ママも、ここにいるお姉さん達も、水商売だから同性愛については偏見はないと思う。

確か、行ったことはなかったけど近くにゲイバーもあって、そこの女の子？　が飲みに来るのだと聞いたこともあったから。

でも俺は波瀬とのことを口にはできなかった。

それは波瀬が男であるというよりも、ヤクザだったから。

ママが嫌いと言った稲沢の組の人間だったから。

結局、俺はママ達と昼食を摂《と》り、夕方まで店で昔話に興じた。

日曜でも店は開けるというので、陽《ひ》が沈む頃にはみんなに別れを告げた。

「俺、そのうちあの家を出るかもしれない。そうしたらここで働かせてくれる？」

別れ際、冗談めかしてそう言うと、ママは首を横に振った。

「大学まで行って、水商売に入ることないわよ。それに、うちも不景気だから」

「そっか」

「立派な会社員になって、同僚と一緒に飲みに来るぐらいの甲斐性《かいしょう》持ちなさい。でも、あの家を出るのは賛成よ。保証人でも何でもなってあげる」

街は安っぽいネオンに彩られて、休日だというのに会社帰りのサラリーマンの姿もちらほら見え始めていた。

俺は一人、生まれた街を離れて電車に乗り、稲沢の家へ戻った。

離れに明かりが点けば、波瀬が来てくれるのではないかと暫く待っていたが、波瀬も、大滝も姿を見せなかった。

一人簡単な食事を済ませ、ゲーム機で遊んだ後、明かりを点けたままベッドに入る。

何だか、もやもやとしたこの気分を誰かに打ち明けたかった。

俺がここにいるのは間違いなのか、正しいのか。父さんと花梨ママと、どちらが本当のことを言っているのか。

母さんの口から聞かされていれば、それを唯一の真実と思えただろうが、もう母の声は二度と聞くことができない。

だから、今の自分の信頼を握る人に、波瀬に、訊いてみたかった。

けれど、夜はただ静かに更けてゆくだけだった。

怖いくらい静かに…。


「景一さん、起きてください」

いつもと違う男の声がして、身体を揺さぶられる。

「あ、はい…」

眠い目を擦りながら起き上がると、そこには猪股さんの姿があった。

「…おはようございます」

挨拶したのに、返事はない。

「今から警察の人が来ます。着替えて母屋に来てください」

「…警察？」

「組長が亡くなったんです」

「…え？」

一瞬、猪股が言う『組長』が誰のことなのかわからなかった。

「滅多《めった》なことは口にしないように。あなたは正直に自分の身の上を話して、昨夜は何も聞かなかったと言うんですよ」

「待ってください！」

寝ぼけていた頭が急速に動き出す。

「警察って、どうしてです？　何があったんです？　父さんが亡くなったって…」

「母屋にいらしたら、皆と一緒に説明します」

「波瀬は…、大滝は？　二人はどうしたんです？」

いつもなら俺のところへ来るのはあの二人でしょう？

猪股は眉根を寄せて首を振った。

「二人はもうここには足を運ばせません」

「どうして？」

「あいつ等が、次の組長ですから。あなたは組とは無関係、そう言われてきたでしょう？」

組長？　二人が？

それは確かに、彼等が若頭になった時『次期組長候補』って肩書だとは聞かされた。でもそれはもっとずっと後の話だとも言われた。父さんは健在で、長生きしそうだから若いのを据えてるんだと。

「出来れば黒い服で来てください。派手《はで》な格好はしないように」

猪股さんは詳しい説明をくれず、それだけ言うと出て行ってしまった。

…父さんが死んだ?

つい数日前、一緒に食事をしたばかりなのに。その時はいつもと変わらず元気な様子だったのに。

俺はベッドから跳び起きると、その時買ってもらったスーツに袖を通した。

黒いスーツも持ってはいたが、まだ死んだと決まったわけじゃないのに、黒を着るのは怖かった。

食事は取らず、水も飲まず、母屋へ続く廊下を進む。

集合がかけられたのか、邸内にはいつも見ないほど人が集まっていた。

「ありゃ誰だ」

「離れの息子です」

「ああ、愛人の」

そんな囁《ささや》きも聞こえる。

どこへ行ったらいいのかもわからなかったが、俺は人の流れを辿《たど》って大座敷へ入った。

居並ぶ強面の男達。

座敷を埋め尽くさんばかりに人がいるのに、まだ後から後から人が来る。

座敷の正面には、大滝が座っていた。こういう時に、いつも父さんが座るべき場所に。波瀬の姿は見えなかった。

「景一さん、そっちじゃありません。あんたはこっちだ」

猪股さんに手を取られ、玄関近くの応接室へ押し込まれた。

「こちらが信田景一さんです」

応接室には、二人の男が座っていて、猪股は彼等に俺を紹介した。

「信田…？」

「女の名字です。稲沢は籍を入れるとこの子が将来困るだろうとそのままにして引き取ったんです」

「あの男がそんなに殊勝だったかね」

年配の男は、無遠慮な視線で俺を上から下まで眺め回した。

「齢は幾つ？」

「え…？」

「君の齢」

「は…、二十歳です」

「ここで暮らしてるって？」

「はい、離れで…。猪股さん、この方達は…？」

怖い。

「警察の方です」

怖い。

そこにいる警察の人間がではなく、何かが起こっているという緊迫感が。

「…名乗るのが遅くなりましたな、坊ちゃん。私は飯塚《いいづか》、こっちの若いのは小野《おの》です。それで、離れというのは？」

「庭の向こうっ側に建ってる建物です。景一さんだけが暮らしてます」

「どうしてこの子だけ？」

「稲沢はこの子をヤクザにしたくなかった、と言ったでしょう」

猪股の説明では納得がいかなかったのか、飯塚という年配の方の刑事が俺を見た。

「昨日は出掛けてましたか？」

「…はい」

「何時に戻りました？」

「六時…頃だったかと…」

「その後母屋には？」

「来てません。いつも、こちらには来ないようにきつく言われてますので。刑事さん、父はどうしたんです？　なんでそんな質問をするんです？」

刑事二人は顔を見合わせた。

「聞いてないんですか？」

「猪股さんから、父が亡くなったとだけ…。でも、嘘でしょう？」

若い方が身を乗り出して俺の目を見つめた。芝居ではないかと疑うような目だ。

そしてゆっくりと、口を開いた。

「君のお父さん、稲沢啓一郎氏は、昨夜遅く何者かに刺されて死亡しました」

「……え……？」

「奥の座敷で血まみれになってるのを、同居している組員の大滝虎嵐《とらん》が発見。一緒にいた波瀬政知《まさとも》と救命措置を施したが間に合わなかったとのことです」

「さ…された…？　そんなバカな、ここは自宅ですよ？　組員の人だって沢山同居している。なのに誰も気づかなかったって言うんですか？」

「いい質問です」

俺の言葉を引き取ったのは飯塚だった。

「お父さんの死には、幾つか疑問があります。まずあなたがおっしゃったように、犯人はどこから来たのか、です。裏木戸が開いていたという報告は受けてますが、誰も気づかなかったというのは不自然だ。それに、この広い屋敷の中、稲沢のいる場所を見つけるのは外部犯には難しい。部屋には血痕《けっこん》があったが、波瀬と大滝が踏み荒らしていて、犯人がたとえ血を踏んだとしても、その足跡は消えてしまったでしょう。信田さん、あなたの目から見て、波瀬と大滝があなたのお父さんを恨んでいたということは？」

「ありません！　二人とも父さんのことを親父と呼んで、恩人だと言っていました！」

一瞬、あまり好きではないのだと漏らした大滝の顔が浮かんだが、それでも彼が殺したいほど父さんを恨んでいたとは思えない。

「昨夜日付が変わる頃、何か物音を聞きませんでしたか？」

「いいえ」

「離れは一晩中明かりが点いていたという証言もありますが」

「昨夜は電気を点けっ放しにして寝てしまったので」

「刑事さん、もうその辺でいいでしょう。景一さんは俺らとは違う。カタギの人間だ。あんまりしつこくなさると…」

「いいえ、猪股さん。俺は大丈夫です。何でも訊いてください。そんな、刺し殺すなんて…」

唇が震える。

母ほど愛していたわけではなかった。

けれど俺の父親だ。

どうして殺されなければならなかったのか。ヤクザの抗争なのか？

考えると悔しくて、悲しくて、涙が零れた。

「…一先《ひとま》ず、落ち着いてからまた話を伺わせてください。突然のことで、混乱なさっているでしょうから。連れてっていいですよ」

「刑事さん、本当に大丈夫です」

「わかってます。だからあなたは後回しにして、ゆっくりと伺いたいんです。あなたは、犯人を警察に捕まえて欲しいと思ってるみたいですから」

含みのある言葉。

それではまるで他の者は犯人が捕まって欲しくないと思っているかのようではないか。

「行きましょう。朝食もまだでしょう。誰かに言って、持って行かせます」

「いいです。いりません」

猪股に部屋から連れ出されると、扉が閉まった途端、彼は気遣う態度ではなくなった。

「あんまり余計なことは言わなくていい。あんたは泣いてるだけでいいんだ」

「でも…」

「犯人が誰であっても、警察のやっかいにはならねえ。捕まえるなら自分達の手で捕まえる。でなけりゃメンツ丸潰れだ」

…そう言うことか。

「用は済んだ。葬儀にも、あんたは出なくていい。部屋でおとなしくしてろ」

猪股は、離れに繋がる廊下までぴったりとくっついて来て、そこで別れた。

「呼ばれるまで出て来ないように」

と命じて。

もう一度だけ、俺は警察の人と会うように命じられた。

とにかく悲しんで、泣いていろと言われて。

刑事と話をしている間はずっと猪股が付いていたが、父さんが殺された状況は最初に聞いた通りだった。深夜、おそらく日付が変わる頃、波瀬と大滝の二人が呼び出されて奥の座敷へ向かった。そこは父さんが内密の話をする時に使っていた部屋で、呼ばれない限り人の出入りのない場所だった。

彼等はそこで血の海に倒れている父さんを見つけ、すぐに救命措置を取った。

喉元と腹、二か所を刺され、救急車を呼んでもどうにもならない状態だったらしい。

それから、二人は猪股や古参の人間を呼びに行った。

呼びに出たのが大滝で、部屋に残ったのが波瀬だ。

幹部達はすぐに屋敷中を捜索したが、怪しい人影は発見できず、裏口の一つの木戸の鍵《かぎ》が開いていたらしい。

室内にも、木戸にも怪しい指紋はなく、凶器も発見されなかった。

昨夜は、静かな夜だと思っていたのに、俺が眠ってからそんな事件が起きていたなんて…。

警察が帰ると、屋敷は葬儀の準備で慌ただしくなった。

ヤクザの組長の死となれば、関係の組の人間が集まる。ましてや殺人となればキナ臭くなるということで、屋敷の中にはヤクザ、外には公安という奇妙な布陣だった。

猪股が言ったように、俺はヤクザでもなければ稲沢の籍にも入っていなかったので、その葬儀に参列することを許されなかった。

波瀬に会いたかったのに、忙しいのか彼は一度も姿を見せなかった。

大滝もだ。

代わって部屋を訪れたのは、長く住み込みの家政婦をやっていたおばさんだった。

彼女も困惑していて、自分はこれからどうしたらいいのかと嘆いていた。

父親の葬式なのに、全てが自分の上を通り過ぎてゆく。

父が殺された部屋も、父の遺体も、葬儀の祭壇も、見ることは許されなかった。

ほんの数日前まで、俺は幸福だった。

先行きに多少の不安は抱いていたけれど、一番好きな人と結ばれて、これからは彼と一緒にいられると安堵したばかりだった。

なのに、全てが崩れてゆく。

離れの窓から覗く母屋には、黒いスーツの男達。

説明の一つもなく、時間だけが過ぎてゆく。

おばさんに頼んで、線香の一本でもあげさせて欲しいと願ったが、それすら許されなかった。

もちろん、大学へ行くことも禁じられた。それは組の意思でもあり、警察からの要請でもあった。

もしも稲沢個人に対する恨みならば、息子にも目が向けられるかもしれない。もしも大学で襲われたら、一般の学生に危害が及ぶかも、とのことだった。

俺はヤクザではないから葬儀に参列できないのに、ヤクザだから人に会うなと言われるのは奇妙な感覚だった。

一人で寝て、一人で起きて、一人で食事をして、窓から葬儀を眺める。

仮通夜と本通夜と本葬と、三日間、俺はカゴの鳥だった。

四日目、来賓のヤクザ達もいなくなったから母屋に行きたいと言ったが、また却下された。今はあなたに構ってる暇はないんですと言われて。

そして五日目、俺はやっと母屋から呼び出しを受けた。

迎えに来たのは、猪股だった。

「いらしてください」

まるで裁判に引き立てられる罪人の気分で、俺は彼に従った。

連れて行かれたのは、父さんが俺と会う時に使っていた座敷だった。

だが中にいたのは…、大滝だった。

「景一だけ置いてってくれ。呼ぶまで来なくていい」

大滝は今まで『叔父貴』と呼んで一目置いていた猪股に命令していた。そして猪股も黙ってそれに従っている。

「座れよ」

猪股がいなくなると、彼の堅い表情が少し緩む。

だがいつもと同じとは言えなかった。

「葬式に出してやれなくて悪かったな。お前の顔をみんなに覚えられると後々面倒になると思ったもんで」

「波瀬は…？」

疲れた顔だ。

俺がその名前を口にしても、彼は聞き流した。

「これからのお前の身の振り方について、色々話し合ったんだが、やっと決まった。景一は稲沢の籍には入ってないが、DNA鑑定すりゃ親子だと証明できる」

「そんな、DNA鑑定だんて」

「黙って聞け。だから、お前には稲沢の財産の半分を相続する権利がある。姐さんが亡くなった今、稲沢の身内はお前と三奈さんだけだからな」

知っている。正妻さんはもう一年以上も前に病気で亡くなっている。

「それを全部、放棄しろ。お前には、マンションと、まとまった金をやる。この家から出て行っても十分暮らして行けるように。大学卒業までの学費も出す。だがそれ以上はナシだ。今後一切請求もできない」

「それは…、かまわないけど…。波瀬は？」

もう一度彼の名を口にすると、大滝は無表情のまま答えた。

「波瀬はいない」

「どうして？」

「あいつは出て行った」

出て行った…？

「どうして！」

「俺が組を継いだからだ」

大滝は静かな声で言った。

まるで、当たり前のことを報告するように。

「大滝が…？」

いや、確かに当然のことだ。わかっていたことだ。彼等のうちのどちらかが組長になるということ自体は。

でもどうして波瀬が出て行かねばならないのか？。

「そうだ。若頭は二人いてもよかったが、組長が二人というわけにはいかない。俺と波瀬は同格だった。あいつが組に残ると揉め事の元になる。暫くは組を離れる。これは波瀬も納得したことだ」

「何時行くの？」

「もういないと言っただろう」

「俺は聞いてない」

「今話してる」

「大滝！」

興奮する俺に反して、大滝は落ち着いたままだった。

いつもは笑ってくれるのに。俺と波瀬の味方だと言ってくれたのに。

「決まったことだ。組の決定に景一が意見を挟む余地はない」

どうしてそんな言い方をするの。

「組の問題じゃない、俺と波瀬の……！」

「お前はもう組長の息子じゃない。お前に自由はない。決定に従え」

血の気が引く。

目眩がする。

こんなことを言う人じゃなかったはずなのに。

「伝えることはそれだけだ。離れにある荷物は好きに持って行け。組の人間に引っ越し先を教えるな。待っていても、波瀬はここに戻っちゃ来ない。なるべく早く出て行け」

「…一度だけでいい、一度だけでいいから波瀬に…」

「もういないと言っただろう。波瀬が…、お前に会いたくないと言ったんだ」

「嘘だ…」

「お前にはよくしてやる。今までの付き合いがあるからな。だが俺達はヤクザだ。これ以上付き合ってもいいことなんかねぇ。だから忘れろ」

「忘れるわけなんかない…！」

「忘れろ！」

怒声が響き渡る。

彼が俺を怒鳴るのは始めてだった。

「全部忘れんだよ、綺麗サッパリな。お前はもう金虎会とは縁もゆかりもない人間なんだ！」

「大滝…！」

「行け。もう話は終わりだ」

「大滝」

「行け！」

顔を背けた彼は、もう俺を見なかった。

全て終わったというように、口を閉じ、言葉もくれなかった。

どうして…。

どうして、そんなふうに変われるの？　俺のことを弟のようだと言ってくれていたじゃないか。

波瀬は何故ここにいないの？　ここを出て行ったというのなら、どうして一言だけでも事情を説明しに来てくれなかったの？

俺はその程度の存在だったの？
これからは一緒にいようって、一緒に暮らそうって、好きだって言ってくれたのに。
取り付く島もないと理解して、ようやく俺は立ち上がった。
足がふらつき、真っすぐに立てない。
溢れる涙が止まらない。
二人にとって、俺は何だったの？
波瀬。
波瀬。
どうして側にいてくれないの。
「う…」
手を貸してくれる者は誰もいなかった。
声をかけてくれる者もいなかった。
この家に、俺は本当に不要な人間になってしまった。
「あ…ぁ…」
離れの自室に戻ると、俺はベッドに突っ伏し、声を上げて泣いた。
誰もいない。
自分にとっての家族は誰もいない。

手に入れたはずの恋も幸福も、消え去った。

襲って来る孤独に押し潰されて、俺は子供のように泣き続けた。

「波瀬…！」

悲鳴にも似た声で、彼の名を呼びながら…。


引っ越しは、一週間も経たないうちに行われた。

手伝ってくれる者はなく、業者が荷造りして、都心の一等地にある立派なマンションに全てが運び込まれた。

家を出る前、立派なスーツに身を包み、既に組長然とした雰囲気を身につけた大滝に、『以後稲沢の家には関与しません』という内容の念書にサインをさせられた。

その大滝も、引っ越しの車が出る時に見送りもしてくれなかった。

母さんが死んで、突然黒塗りの車で連れて来られた大きな屋敷から、またも突然俺は追い出されるのだ。

心が、空っぽだった。

出て行けと命じられてからずっと泣き続けて、もう涙も涸《か》れたはずなのに、バックミラーに小さくなる屋敷を見ていると波瀬を思い出してまた泣けた。

あの時間は何だったのだろう。

我慢してたんだと、好きだと、大切だと言ってくれた言葉は何だったのだろう。

波瀬にとって、俺は組の命令の前にはどうでもいい存在だったのだろうか？

あれは、俺が稲沢の息子だったから、俺が泣いて頼んだから、可哀想で応えてくれただけのことだったのだろうか？

俺の知りたいことを知っている人は、いつも突然消えてしまう。

父さんの真実を抱いたまま、母さんは亡くなり、姿を消す理由も言わず波瀬は消えた。

俺の心に残るのはいつも漠然とした謎ばかりだ。

どんなに豪華なマンションを与えられても、波瀬がいないのならば関係ない。

それでもここへ移ったのは、組が用意してくれた場所にいれば、彼が会いたいと思ってくれた時に自分を見つけ易いだろうと思ってのことだった。

一人で暮らすのは慣れている。

でも待つ人がいない生活は初めてだった。

もう、ここでどんなに待っていても、母さんも帰って来ないし、波瀬も訪れない。

俺は一人だ。

途方もなく独りだった。

世界にこんなにも人間は溢れ返っているのに、俺の求める人の姿は見つけられなかった。実際街へ波瀬の姿を求めて彷徨《さまよ》いもしたが、見つけることはできなかった。

そうして…。

あっと言う間に空虚な時間は流れて行った。

大学へ真面目に通うのは、亡くなった両親への恩返しのつもりでもあった。

生活が苦しくても、俺を高校に通わせて、いつか大学へも行かせてあげると言ってくれた母と、実際俺を大学へ行かせてくれた父への。

そしてもうどうでもいいと思われているのだとしても、幸福だった頃の波瀬と大滝が、俺がまっとうな人生を歩むことを望んでいたから。

何も考えず、判で押したように決められた日々を過ごし、勉強に没頭する。

長い休みが、父が亡くなったせいだと説明したせいか、すっかり笑うことを忘れてしまった俺に、友人達は気を遣ってくれた。

だが言葉をかけられることは苦痛だった。

彼等の友情は感じても、自分が欲しいものは他にある。

そう思うと、彼等の優しさに申し訳なくて辛かった。彼等と比べるように波瀬を思い出してしまうのも。

遊びの誘いもなくなり、講義が終わると真っすぐマンションへ戻って、何もせずにぼーっとした時間を過ごす。

今頃、波瀬はどこで何をしてるのかと考えると、勝手に涙が滲《にじ》んだ。

そんな時だ。突然マンションのチャイムが鳴ったのは。

「はい」

来客の予定などなかったので、インターフォンのモニターを確認する。

そこにいたのは見覚えのある顔だった。

『信田さん…、ですか？』

そわそわとした様子でモニターの前に立っていたのは戸部だった。

「戸部？」

名前を呼ぶと、彼はパッと顔を上げた。

『景一さん？　そうです、戸部です』

意外だった。

どうして彼がここに？

もしかして、波瀬か大滝が彼に伝言でも託したのだろうか？

「ちょっと待ってて」

俺はすぐに鍵を開け、彼を招き入れた。

「久しぶりです。お元気でしたか？」

いつもは派手な柄シャツなのに、ちゃんとスーツを着てきた戸部は俺を見て笑った。

「外は寒かったでしょう。さ、中に」

招き入れると、彼は部屋をぐるりと眺め回した。

「いいところですね」

「…大滝が用意してくれたから。俺には分不相応だけどね」

「そんなことないですよ。稲沢の息子なら、もっといいとこだって住んでておかしくないですよ」

稲沢の息子…。

その呼び名も今では懐かしい。

まだあの家を出てから一カ月程度しか経っていないはずなのに。

俺は引っ越しの時に付け加えられていたシンプルな応接セットのソファへ彼を座らせ、自分はその向かい側へ腰を下ろした。

「今日はどうしてここに？　よくここがわかったね。大滝から伝言でも？」

波瀬の名前は出さなかった。組の関連で外へ出ているのなら、彼の名前がタブーになってる可能性もあるだろうから。それに、戸部は元々大滝の部下だ。

「いや、誰にも内緒なんです。だから、誰にも言わないでください」

「内緒で？」

「はい。実は…、どうしても景一さんにお知らせしたいことがあって」

気弱な印象を受ける戸部の顔が、一瞬小狡《こずる》い眼差《まなざ》しを向ける。

「…何？」

次に戸部が口にしたのは、衝撃的な一言だった。

「お父さんを…、組長を殺した男を捕まえたくないですか？」

「…まるで、犯人を知ってるみたいな口ぶりだね」

「知ってるんですよ」

彼はにたり、と笑った。

「まさか。だって、もし犯人がわかってるなら、組の人間が制裁をって…」

「組の人間にはまだ教えてません」

「どうして？」

「大滝さんが、そいつを庇《かば》ってるからです」

「大滝は犯人を知ってるの？」

「知ってます」

…そんな。

「だから組は動けないんっすよ。景一さん、あなたお父さんの仇《かたき》を討ちたいと思いませんか？」

何を…、言ってるんだろう。

「仇…？」

「俺はね、見たんです。組長が仰向けで血の中に倒れてるところを」

「どうして…」

「あの頃、俺は夜番で、庭の見回りとかもしてたんです。離れの方も見回ったりしてたでしょう？」

確かに、戸部は当時夜の見張りを引き受けていた。

父が殺された今、茶番に聞こえるかも知れないが、敵対する者や逆恨みをする者を警戒して、夜には若い者が家の中や周囲を見回ることになっていた。それを行う者を夜番と言うのだ。

俺が波瀬に抱かれた夜、彼は酔って戻った俺に門のところで声を掛けてくれてもいた。

「俺はね、そんなに頭のいい方じゃなかったけど、組長には可愛がられてました。どんなことでも厭《いと》わずやってきたんで。だから組長を殺《や》られた時はカッとなった。でも大滝さんにも面倒見てもらってたんで、あの人が庇うヤツを、俺が手に掛けるわけにはいかないんですよ。かと言って組の他のヤツに話しても大滝さんの信用を失うし。だから景一さんだけが頼りなんです」

「そんな、俺は…」

「だって、憎いでしょう？　犯人」

「それはそうだけど…」

俄《にわか》に信じがたいことだ。

本当に戸部は犯人を知っているのか？

「一体、誰が犯人だって言うんです」

問いかけると、彼はわざと焦らすように間を置いた。

そしてあり得ない名前を口にした。

「波瀬です」

「…まさか」

「本当ですよ。今ここにはないけど、証拠だってあります」

「だって、波瀬は父さんのことをずっと恩人だって…」

「それがあいつのいやらしいとこです。ずっと芝居をしてたんですよ」

…芝居。

「大滝さんを丸め込んで、組長を殺したことを庇ってもらってるんです。さすがに跡目を継ぐのは気が引けたのか、組長は大滝さんになりましたけどね」

そんなはずはない。

あの男にそんな小器用な真似ができるはずがない。

「しかも男のところに転がり込んでのうのうとしてやがって」

「…男？」

戸部は首を竦めるようにして、上目使いにこちらを見た。

「若い男のところですよ。景一さんは知らないかも知れませんが、あいつは男色なんです。男の情人《イロ》がいるんっすよ」

身体の芯《しん》で、何かが震えた。

「ま…さか…」

笑おうとした顔が引きつる。

「本当です。今、あいつ、その男んとこにいるんですよ」

「嘘だ。だって、波瀬には決まった相手なんていないって」

「あの齢ですから、情人の一人や二人いますよ」

「そうかもしれないけど…」

「俺はその場所も知ってます。組の連中に知られたらマズイから、声をかけちゃダメですけど、疑うんなら行ってみりゃあいいんです」

「行く…？」

「見りゃあわかりますよ」

…わかる。

何をわかれと？

「行ってみますか？」

行く？　どこへ？

何も言わない俺の目の前に、戸部はスーツのポケットから紙片を取り出し、広げてテーブルの上へ置いた。

「あいつがあなたの父親を殺したんです」

言い聞かせるように、戸部は繰り返した。

「突然、殺したんです。恩人なのに。組長はあいつが刃物を抜くなんて思ってもいなかった。あいつの芝居にハマッたんです。あなたのあそこでの生活は、みんなあいつが壊した。だから、あいつを殺さないと」

戸部の言っていることが理解できない。

耳には入ってくるのだけれど、頭がついて行かない。

「ごめん…、もう今日は帰ってくれないか…」

「景一さん？」

「ごめん…、今日はもう…」

「わかりました。突然の話で驚かれたんですね。また来ます。今度は証拠を持って」

戸部はすぐに立ち上がると、テーブルを回って俺の方へ歩み寄った。そして膝の上にある俺の手を強引に握って別れを告げた。

「俺、景一さんの味方ですから」

玄関まで見送り、彼が出て行くとすぐに鍵を掛けた。

どういうことだ…？

波瀬が父さんを殺した？

「あり得ない…」

恩人だと言っていたのだ。

俺が好きでも手をださないくらい父さんに気を遣っていた。

でも、もし戸部の言うことが本当だとしたら…？

戸部が、あんな嘘を言いにわざわざ俺のところへ来る理由がない。俺と戸部はそんなに親しかったわけでもないし、波瀬と戸部が憎み合ってたわけでもない。

もしも…、もしも戸部の言うことが真実だとしたら、大滝だけが組長になり、あの場所から波瀬を追い出した理由にはなる。今までの付き合いからしてどちらが組長になっても、もう一人が補佐としてして側にいておかしくないのに、行方を教えず追い出した理由に。

大滝の態度も、おかしかった。あの時の説明だって無理がある。波瀬なら叔父貴として残れた筈だ。

でも、波瀬の『親父は恩人』と言っていた言葉が嘘だとしたら、芝居だとしたら、どこまでが嘘で、芝居だったんだ？

俺を好きだと言ってくれたことは？　一緒に暮らそうと言ってくれたことは？

不器用な男だ、芝居なんて出来るわけがない。

でももし、その不器用さすら芝居だったら？

『ヤクザの言うことは信じちゃダメよ。連中、ホントに芝居が上手いんだから』

ふいに、花梨ママの言葉が頭に浮かんだ。

違う。あれは波瀬のことを言ったわけじゃない、父さんのことだ。でもそれなら、父さんも俺を大切だと、家族だと言っていたことは芝居だったのか？

胃の辺りがムカムカとして来て、俺はトイレで戻した。

わからない。

相談をする相手も、頼る相手もいない。

突然降って湧いたようなこの問題に、自分はどう対処すればいいというのか？

『本当です。今、あいつ、その男んとこにいるんですよ』

俺はテーブルの上の紙片を見た。少し曲がった汚い字で、都内の住所と男の名前が書いてある。

「波瀬の…、情人…？」

彼は男を抱くことに慣れていないわけではなかったと思う。それは男の恋人がいたからなのか？

「…違う」

そんなことあるわけがない。

戸部は何かを誤解しているのだ。

波瀬がそんな人間なはずがない。

でも、それでは何故波瀬は俺に何の説明もなく姿を消したのか？　味方であるはずの大滝が波瀬に会うなというのか？

「違う…」

戸部の言葉など信じない。

けれど…、俺はその紙を破り捨てることができなかった。戸部の言葉を信じているのではなく、そこに波瀬がいるかも知れないという望みのために。

「波瀬…」

どんな形でも、彼に会いたいという気持ちが未だ強く残っていたから。


戸部のくれた紙片を眺めて一日経った後、俺は波瀬を求めてマンションを出た。

紙に書かれた住所は、小さなアパートが立ち並ぶ繁華街近くのごちゃごちゃとした場所だった。

陽は傾き、その街を朱に染める。

建物は暗い影となり、朱の空と合わせた切り絵のようだった。

顔が見えないように帽子を被《かぶ》り、陽が暮れると急速に寒さが増すから、厚手のジャケットを羽織って、俺は紙に書かれた住所を探した。

駅から離れ、幹線道路に近い辺りに、その建物はあった。

「みすず荘…」

自分が子供の頃に住んでいたアパートに似た感じの、二階建ての長いアパートは、波瀬が住むには似つかわしくない気がした。

この二階の椎名《しいな》という男の部屋に、波瀬がいる。

そう思って見上げていると、突然その部屋のドアが開いた。

「じゃあ、俺仕事行ってきます」

若い男の声がして、革のジャケットを着た男が姿を見せた。

ちょっと軽い感じだが、顔立ちのはっきりしたハンサムだ。

「今夜寒いから鍋《なべ》にします？」

男は部屋の中に声をかけていた。

中の人間が何かを答えたようだが、俺にはよく聞こえなかった。

「ああ、いいっすね。じゃ、俺買い物して戻りますよ」

男は嬉しそうに笑った。

「いいですよ。…そうっすか？　まあ波瀬さんの料理の腕は信じてますけどね」

波瀬。

その名を聞いただけで、心臓がバクバクと鳴る。

そこにいるのか？　本当に？

「そんなことないですよ。俺、波瀬さんのこと好きなんですから」

俺は食い入るようにその男の姿を見ていた。

「じゃ、先に寝てていいっすから」

男が扉に背を向ける。

開け放したままのドアから、中の人間が顔を出し、彼を見送る。

「気を付けてな」

それは、確かに波瀬の顔だった。

「行ってきます」

すぐにドアの内側に引っ込んでしまったが、見間違えるはずがない。今のは確かに波瀬だった。

カンカンと金属の階段を降りてくる靴音に、俺は携帯電話を取り出して通話しているフリをした。

その横を今の男が鼻歌を唄《うた》いながら通り過ぎる。

あれが椎名？　彼が波瀬の恋人？

違う。そんなことあるわけがない。

でも、それでは何故、波瀬は彼の部屋にいるのか？　何故組を出てこんなところに。

戸部の言葉のうちの一つは本当だった。彼が示した場所には本当に波瀬がいた。では残りも本当だというのか？

父さんを殺したのは波瀬で、椎名が波瀬の情人だということも?

見上げる部屋にはまだ明かりが点いていた。

今すぐ駆け上がりドアを叩けば、中に波瀬がいる。彼に会える。

けれど俺はそうしなかった。できなかった。

『もしも』ドアを開けてもらえなかったら? お前は親父の子供だから相手をしてやっただけで、椎名が恋人だと言われたら?

波瀬を信じてる。信じたい。でも戸部の言葉が嘘ではなかったことが、俺の足を止めた。

気持ちが悪い。

頭がクラクラする。

俺は部屋へ向かう代わりに、駅へ向かい、稲沢の屋敷へ向かった。

もう来るなと言われていたけれど、大滝に会って訊きたい。何か説明して欲しいと思って。

屋敷に到着する頃には、辺りはもう真っ暗だった。それでも煌々《こうこう》と明かりに照らされた正面玄関からそのまま中へ入る。

中からはすぐに人が出てきた。

「何だ、お前」

低い声が俺を脅す。

「大滝さんに会いたいんです」

「はぁ？　組長に？」

組長…。そうか、もう彼にはその呼称が付いているのだ。

俺は帽子を上げ、相手を見た。

「信田景一が来たと言えばわかります。どうしても会いたいのだと伝えてください。他の人には知られないように」

俺は相手を知らなかったが、相手は俺を知っているようだった。

「ここで待ってな。今伝えてくるから」

態度が変わり、すぐに奥へ引っ込む。

待てと言われた場所は戸外で、風が冷たかったが俺は明かりに背を向けたまま待った。

ほどなく今の男が戻って「こっちだ」と中へ入れてくれた。

奥へ上げてくれるのかと思ったのだが、通されたのは玄関脇の小部屋だった。

ジャケットを脱がないままそこのソファに座って待つとすぐに人の声がした。

「誰も近づけんな。景一が来たことも知らせんなよ」

大滝の声だ。

ドアが開き、本人が姿を現す。久々に会えたというのに、その顔に再会の喜びはなかった。

「ここには近づくなと言っただろ。何か困り事か」

目の前のソファに、億劫そうにどかっと腰を下ろす。

「…波瀬に会いたいんだ」

「またその話か。あいつはお前には会いたくないってよ」

「どうして？」

「どうしてって…、色々状況が変わったんだ」

「波瀬が…、父さんを殺したの？」

俺が言った途端、けだるげにしていた大滝はガバッと身体を起こした。

「…何言ってんだ？」

「波瀬はどこにいるの？」

「景一」

「波瀬は、俺を騙してたの？」

「それならどうして連絡をくれないの？」

「…そうじゃねぇ」

「知らねぇよ。本人に訊けよ」

「訊くから、彼の住んでる場所を教えて」

もし大滝の口から他の場所を教えられたら、さっきのは波瀬じゃなかったと思える。戸部の言葉に真実などないと思える。だから言って、嘘でもいいから。

「教えられねぇ」

「恋人のところ？」

大滝は顔を歪めた。それが真実を突かれたからなのか、覚えのないことを聞いたからなのか、俺には判断できなかった。

「お前…、おかしいぜ。突然変なことばっかり言って」

「大滝。俺は今でも大滝のことを兄さんみたいだと思ってる。だから大滝の言葉を聞きたいんだ。波瀬はどこ？　父さんを殺したのは誰？」

「景一、お前目付きが変だぞ」

「教えて」

信じさせて。

三人で過ごした時間を、波瀬の愛情を。

「…ヨタ話だ。稲沢の親父を殺ったヤツはまだ捕まってねぇ。波瀬に恋人なんかいねぇよ」

根負けしたというように、彼は重く口を開いた。

「本当に？」

「ああ。だからお前はもうここへ来んな。波瀬がお前を置いてったのは…、あいつがヤクザだからだ。稲沢の親父が死んで、お前は組とは無関係になった。だからちゃんとまっとうな世界に戻って欲しいと思ったんだろ、自分のことなんか忘れて」

「…忘れられるわけがないじゃない」

「忘れろ。それがお互いのためだ」

俺は立ち上がった。

「俺には…、波瀬しかいないんだ。忘れられるわけがない」

「お前にゃ前途があんだろ。カタギの世界で、まともなサラリーマンにでもなって、嫁さんでも…」

「俺には、波瀬しかいないんだ」

もう一度、俺は繰り返した。

「ありがとう、会ってくれて」

「おい、景一」

引き留めようと差し出された彼の手を、身体を引いて避ける。

「さよなら。もう来ないと思う」

「待てよ」

「待ったら、何か教えてくれるの？」

彼は伸ばした手をゆっくりと下ろした。

それは、教えられないと、教えることがあるけれど言えないという意思表示のようだった。

「さよなら」

帽子を深く被り直し、俺は部屋を出た。大滝は部屋に残った。

玄関で靴を履き、すぐに屋敷を後にする。もう、屋敷を振り向くこともしなかった。

大滝の言葉を聞けば、安心できるかと思った。彼が否定してくれれば、それを信じようと思った。でも十分ではない説明は、ただ大滝をも疑わせただけだった。彼は何かを知っていて、それを隠している。それは戸部の語ったことかもしれないし、違うことかも知れない。

どちらにしても、彼は俺に嘘をついた。

「寒い…」

マンションには、誰もいない。

待ってる人も、待たなければならない人もいない。

もう、行きたい場所もない。

誰も信用できない。

幸福の一番上まで引き上げられて、突き落とされた気分だった。そして落ちた場所は、酷く暗く、寒いところだった。

何があったのか、知りたかった。

波瀬の気持ちが、知りたかった。

俺はずっと、波瀬が自分を憎からず想ってくれていると思っていた。波瀬は、ずっと俺の側にいて、不器用ながら俺に心を向けてくれていた。

告白に応えてもらった時、それは真実だったと確信できた。

では何故今彼は自分の隣にいないのか。

最後の誕生日にもらった腕時計は今も俺の腕にある。

これを買った時、彼は何を考えていたのだろう。

波瀬が父さんのことを慕っていたことは、大滝も認めていた。認めながら、それは間違いだと言っていた。

言っては悪いが、父さんを手に掛けたのが大滝だったというのなら、まだわかる。小さな苛立《いらだ》ちが爆発したのかも、と。

でもそれなら何故、大滝が組長になり、波瀬が組を出て行ったのかがわからない。

波瀬があのアパートにいることを、多分大滝は知っているのだろう。ということは、波瀬は大滝が組長になることを納得しているということになる。

組長クラスが二人いると問題があるから、と大滝は言ったけれど、猪股は確か父さんとは兄弟分で、組を父さんが引き継いだから幹部として組に残ったのだと聞いた。

ということは、波瀬達だって、同じことができたのじゃないのだろうか？

戸部の言葉通り、波瀬が父さんを殺したのだとしたら、その理由がわからない。

波瀬が、実は父さんを好きじゃなかったとしても、殺すほどの理由があったようには見えなかった。

もしあったとしても、それなら一番近くにいる大滝が気づいただろう。でも彼も知らなかった。

二人が、父さんに呼ばれた、と刑事は言った。

二人は同時に倒れた父さんを発見した。

もし二人が共謀して父さんを殺したとしたら…。

それもあり得ない、どちらが先に計画しても、もう一人が止めただろう。二人はそういうことに関しては互いのブレーキになっていた。

波瀬は、どうしてあのアパートにいるのだろう。

あの男は誰なのだろう。

どう見ても、組の人間とは思えなかった。

しかも会話からして、恐らく波瀬は組から姿を消してずっとあそこにいたのではないだろうか?

何故?

わからないことだらけだ。

考えても、考えても、答えが出ない。

殺した理由を考えなければ、戸部の言っていることが一番整合性がある気もした。

何かが原因で波瀬が父さんを手に掛け、大滝がそれを知って庇う。でももう組には置けないからと彼を外へ出す。行き先のなくなった波瀬は以前からの恋人のところへ転がり込んだ…。

俺に知らせなかったのは、彼の頭に俺の存在がなかったから。俺に応えたのは、俺が稲沢の息子だったから、家を出るとか、他の男に抱かれると言い出したのを止めるための方便だった。

部屋に籠もって一人で悩んでいると、考えは悪い方へ悪い方へと向かってしまう。

悩みに出口はなく、『そうじゃない』と否定してもらえない。

だから、いつまでも悩むことから抜け出せない。

誰か、この苦しみから俺を助け出して欲しい。大丈夫だと言って欲しい。

けれど、もう俺の頭を撫でる手はなかった。

何も言わず、見つめてくれる目もない。

抱き寄せてくれる腕も、伝わってくる体温もない。

俺は一人、どんどんと疑問の深みに嵌《は》まってゆく。

更に俺を苦しみのどん底に突き落としたのは、再びの戸部の来訪だった。


「今日は証拠、持ってきたんですよ。話だけじゃ景一さんも信じられないだろうと思って」

戸部を迎え入れただけで、胃の辺りがずんと重くなる。

知りたくないことを持ってきた人間だが、知らずにいることができないジレンマ。

この間と同じように、ソファの向かい側に座らせたのだが、彼はわざわざ俺の隣に座り直した。

「これです」

そして自分の携帯電話を差し出した。

「俺、その時庭にいたんです。それで、現場見て、写メったんです」

携帯の画面には、開け放した座敷の中に立つ男の姿が写っていた。

周囲は暗く、部屋の中だけが明るい。だから立っている男の輪郭ははっきりしているが、顔は判別がつかなかった。

だが俺にはわかった。

たとえシルエットでも、波瀬を見間違えるわけがない。

そこに立っているのは波瀬だ。その波瀬の手に、短い棒のようなものが握られている。足元には、何かの塊があった。まるで人が蹲っているような塊が。

俺は、俺を抱いた夜脱ぎ捨てた彼の服の中に見つけた短刀を思い出した。

…父さんの死因は刃物に因る刺し傷だった。

「俺、すぐに人を呼ぼうと思ったんです。そしたら大滝さんが襖《ふすま》閉めちまって」

「大滝もそこにいたのか?」

「それはわかりません。駆けつけたのかも。で、ああ、これはきっと大滝さんが波瀬のヤツを捕まえるんだろうなと思って黙ってたんです。でも、大滝さんはあいつを追い出しただけで、犯人だって言わなかった。だから俺も黙ってたんですが、どうしても許せなくて…」

携帯電話を握る俺の手に、戸部の手が重なる。

「あいつ、関西に行くんっすよ」

「関西…？」

「客分で迎えてくれるところがあるらしくて。それも大滝さんが手配したんです。朝六時四十分の新幹線で高跳びするんです。親分を殺っておきながら、他所《よそ》の土地でまた力を付けようなんて、太々《ふてぶて》しい野郎だ」

関西。

彼が、もっと手の届かないところへ行ってしまう。またも俺に何も言わずに。

「あいつ、殺りましょう。後始末は俺が何とかします」

呪文《じゅもん》のように、耳元で戸部が繰り返す。

「あいつは大滝さんも、あんたも裏切った。親分を殺した男です。あんたが仇を討たなきゃ、誰も知らないまんまあいつは逃げおおせちまう」

「…逃げる」

「そうです。逃げてるんです。殺らなきゃ示しがつかねぇ。ほら、ナイフも持って来たんです。こいつならあんたにアシがつく心配はない」

戸部はテーブルの上にサバイバルナイフを置いた。

「早朝の新幹線のホームなら、人も少ない。号車もわかってるんです。九号車です」

「…そんなことはしないよ。これは持って帰ってくれ」

俺は携帯電話を突き返し、彼に背を向けた。

「景一さん」

「これじゃ波瀬かどうかはわからない。何時撮られたものかもわからない。証拠になんかならない」

「こいつは波瀬だ！　あんた、親の仇がとりたくないんですか？　親より、オトコを取るつもりなんですか？」

「…な…に？」

その言葉に振り向くと、戸部は俺を見てにやりと笑った。

「あいつが言ってた、あんたを食ったって。組長に自慢してたよ。ケツ振ってよがったんだろ？」

下卑《げび》た笑い。

さっきまでの下手の態度ではない。脅迫者のそれだ。

「あの離れで、乳繰り合ってたんだろ？　だったら俺にもやらしてくれよ」

「戸部！」

強い力が上からのしかかる。

手にあった携帯電話は床へ落ちてどこかに消えた。

「止めろ…！」

痩せた手が、ソファに仰向けに倒れた俺の服にかかった。乱暴にシャツを捲り上げ、肌に触れる。

「俺だって、ずっとあんたが好きだったんだ。一回ぐらいいいじゃねぇか。親父殺したヤツにケツ貸したんだ、今更生娘ぶんなよ」

「や…っ、ン…！」

ギラギラした目が近づき、唇が奪われる。

口の中に入って来ようとした舌の感触が気持ち悪くて、俺は思いきりそれに歯を立てた。

「痛ッ」

弾《はじ》かれたように彼の身体が飛びのく。その隙を突いて逃げ出そうと背を向けると、背後から再び抱き付かれる。

がっちりとホールドした手は、前で俺の股間を握った。

「い…ッ！」

力任せの手に痛みが走る。

手はそのままズボンのファスナーを下ろした。抵抗しようとその手を押さえ込むが、俺に手を取られたまま、指は中へ入り込む。

「柔らけえ」

性器に、戸部の指先が直《じか》に触れた。

「や…」

尻に、彼の硬いモノが擦りつけられるのを感じる。

耳に届く荒い息遣い。

舌が耳を濡らす。

嫌悪の鳥肌が全身を包む。

「気持ちよくしてやっから、おとなしくしてな」

肘《ひじ》を曲げ、背後の戸部に当てようとしたが、下っ端でもヤクザ、格闘には慣れているのか簡単に躱《かわ》されてしまう。

その間に手はしっかりと俺のモノを摑み、もう一方の手で胸をまさぐった。

「はな…せ…」

嫌だ。

嫌だ。

助けて。

…助けて…、くれる人などいないのだ。

俺がこんな目に遭っても、どんなに叫んでも、誰の耳にも届かない。

俺は、一人なんだ。

「へへ…、おとなしくしてれば痛くはしねぇよ。一緒に楽しもうぜ。なぁ、景一さん」

ズボンのウエストに手がかかり、引き下げられる。

腰骨に引っ掛かって上手く下ろせないと、戸部は両手でズボンを摑んだ。

彼の手が自分の身体から離れる。その瞬間に、俺はテーブルの上に置かれていたナイフに手を伸ばした。

柄を掴み、彼の腿《もも》に刃《やいば》を突き立てる。

「ぎゃぁ…っ！」

ぶつっ、と布と肉を突き破る感覚。

「ひい…っ、痛ぇよぉ…」

柄を握ったままナイフを引き抜くと、バッと溢れた血が戸部のズボンを赤黒く染めた。

「てめぇ、何を…」

「出て行け」

自分で自分を守るしかない。

「今すぐ出て行け。でないと、次はどこを刺すかわからないぞ」

「そ…そんなことあんたに出来るわけがねぇ…」

傷口を押さえ、怯《おび》えたような目で戸部が俺を見上げた。

「俺は稲沢の息子だ。自分を守るためなら何でもするさ」

自分でも驚くほど冷めていた。

こんな男に蹂躙《じゅうりん》させるなんて許せない。俺に触れていいのは一人だけだ。それはこの男ではない。

「聞こえなかったのか、出て行けと言ったんだ」

握ったナイフを向けると、彼は這《は》いずるようにして戸口へ向かった。

それを追ってゆっくりと近づく。

「来るな！　来るな…、帰るから！」

戸部は傷ついた足を引きずりながらも立ち上がった。

「…クソッ、覚えてろ」

チンピラらしい捨てゼリフと共に、彼は転がるように玄関から出て行った。

俺はすぐに扉に走り寄り、鍵を下ろした。

戸部の触れたドアノブに、血が付いている。

握っているナイフの刃にも。

「う…」

指の節が痛むほど強く握っていた手を開くと、ナイフはカランと足元に落ちた。

捲れ上がったシャツ、太腿まで引きずり下ろされたズボン。下着から零れたペニス。

「うう…」

頽《くずお》れるように、俺はその場に座り込んだ。

俺が、波瀬に抱かれたことを知っているのは、自分達と大滝だけだった。なのに戸部は確信を持った言葉で、それを口にした。

誰があいつに教えた？

大滝か？　大滝が俺を裏切ったのか？

それとも本当に、あいつが言ったように、波瀬が父さんに言ったのか？　だとしたら、波瀬が父さんを殺したのも真実なのか？

わからない。

何もわからない。

何が真実で、何が嘘か。

「あ…ああ…、う…」

自分がどうすればいいのか、何一つわからなかった。


空っぽだ。

何も考えられない。

時間の経過すらも、時計を見ながら確認しないと、一分経ったのか、一時間が過ぎたのかわからなかった。

空腹なのかもしれないし、喉が渇いているのかもしれない。

だが飢えも餓《かつ》えも感じない。

眠気もなかった。

熱い風呂に入って身体を洗っても、感覚は戻らなかった。

それでも寒いだろうと上着は厚手のものを選んだ。

マンションを出ると、吐く息が僅かに白くなったが、それは暖かい部屋にいて体温が上がっていたせいだろう。駅に着く頃にはそんなこともなくなった。

外はまだ暗く、電車もまだ混んでいない。

空席のある電車の中、俺はずっと立っていた。

電車がカーブに差しかかる度、身体がゆらゆらと揺れる。

俺はどこへ行くのだろう?

何をするんだろう?

自分でもよくわからない。

ポケットに手を突っ込んだまま、ガラスごしに暗い街が明るくなってゆくのを眺めていると、涙が溢れそうだった。

世界は美しい。

今日という一日が始まり、皆が新しい生活を迎える。

学校へ行く者も、会社へ行く者もいるだろう。反対に、家に帰る者もいるだろう。

でも俺はどこへ行けばいい?

慌ただしい人の流れに突き飛ばされながら電車を降り、ふらふらとコンコースを歩く。

構内で切符を買って、改札をくぐって、電光掲示板で確認してからエスカレーターに乗る。ホームにじっと立っていると鼻の頭が痛んだ。やっぱり寒いらしい。

背中を丸めたコート姿のサラリーマンが、俺の前を横切る。

人影はまばらだった。

ぼんやりとした視界。

その中にたった一人だけの姿が鮮やかに飛び込んできた。

背の高いシルエット。

少し背中を丸めているが、体格のよさが際立っている。

高い鼻梁《びりょう》、太い眉、険しい横顔、コートを羽織ったスーツ姿。入ってくる電車を待つために、足元にボストンバッグを置く。

吸い寄せられるように、俺は彼に近づいた。

「…波瀬」

名前を呼ぶと、彼は視線をこちらに向け、驚いたように目を見張った。

「景一…、何故ここに」

「本当なんだ」

与えられる言葉の中で、一番信じていない男がもたらした情報だけが、いつも真実だなんて、何て滑稽なんだろう。

「景一？」

「関西、行くんでしょう？」

「何故それを…。大滝か？」

「そう。大滝は知ってるんだ」

俺はポケットの中の物を強く握り締めた。

「父さんを殺したの、波瀬なの？」

彼の眉がピクリと動く。

否定してくれればいいのに、と、この期に及んでまだ祈っていた。

でも彼は否定してくれなかった。

「…そうだ」

ああ…。

最後の希望の糸が断ち切られる音がする。

「波瀬は、俺を置いてゆくんだ」

苦しい。

「俺のことなんかいらないんだ」

息ができない。

「全部嘘だったんだね」

目眩がして、視界が白く霞《かす》んでゆく。

「景一」

俺はふらつきながら彼に向かって進み出た。

前のめりに、倒れ込むように彼に向かって身体ごとぶつかった。

「…景一」

波瀬は、俺を抱きとめてくれた。

腕が、しっかりと俺を抱く。

「俺には…、波瀬しかいなかった…。波瀬がいなくなるなら、ここにいる意味もない…」

「…そんなことはない。お前には新しい日々が…待ってる…」

「そんなもの、いらないんだ。今更優しげなことを言わないで。捨てるなら、全部捨てていってくれていい。俺は…、これからずっと一人だ」

手に、温かいものが伝ってゆく。

抱き合うようにして、二人一緒に膝を付く。

彼の吐息が頬に当たる。

「ゆっくり…、立ちあがれ…」

耳元に、苦しげな波瀬の声。

「手を放して、立ち上がるんだ」

「波瀬…」

「このまま行け！　…俺を置いてゆけ」

俺を抱いていた手が解かれ、波瀬が床に手を付く。その手の上に一滴だけ赤い雫《しずく》が落ちた。

鮮やかな赤。

波瀬の…。

「立て…、振り返らずに行け…」

「波瀬！」

響く声。

彼の名前を呼んだのは、俺ではなかった。

「景一？　お前、何でここに…」

見上げると、そこには大滝が立っていた。

「大滝…」

涙ながらに見上げる俺の顔を見て、彼の手に落ちた赤い雫を見る。

「退け！」

大滝は乱暴に俺を突き飛ばした。

波瀬のコートの前を開き、そこに刺さったままのナイフに目を止める。

「どうした。誰がやった」

「…騒ぐな、大したことはない」

「俺が…、刺したんだ…」

告白に、大滝が振り向く。

「景一…？」

信じられないという顔で。

「波瀬が、俺を捨てるから。父さんを殺して逃げてゆくから…。俺のことを忘れてしまうから…。戸部に抱かれるくらいなら、何もかも壊して…しまいたくて…」

「バカ、てめぇ…！」

「…大滝。騒ぐな、人目につく…」

手を振り上げた大滝を波瀬が止めた。

「…ああ、クソッ！　景一、カバン持ってついて来い」

「いやだ…」

「ツベコベ言うな、頭トバしてんじゃねぇよ！　言うこと聞け」

新幹線の発車のベルが鳴る。

静かに、俺達の横を六時四十分発の新幹線が滑り出す。

「来い！」

大滝に身体を支えられながら、波瀬は立ち上がった。

彼が座り込んでいた場所に落ちた血痕を大滝が靴で踏み付け、伸ばすように踏み消す。ホームには黒い染みが残った。

「クソッ…、何だってこんな…」

俺は命じられたまま波瀬のバッグを手に取り、彼等の後を追った。

考えて行動することができなくて。

まるで人形のように、足を動かした。


駅の近くに停めてあった大滝の車で、波瀬は金虎会の息のかかったホテルへ運び込まれた。

スイートルームに入ると、大滝はすぐに波瀬のスーツを脱がせ、シャツを引き裂いた。

シャツを脱がせる時にナイフはポロリと落ち、脇腹からは血が流れた。

「深いか？」

それをバスルームから持ってきたタオルで押さえる。

「肋骨《ろっこつ》に当たった。かすり傷だ」

真っ白なタオルはすぐに鮮血に染まった。

「てめぇで押さえてろ。今医者を呼ぶ」

「人には…」

「野添《のぞえ》のジジイならいいだろ」

「…ああ」

大滝が携帯電話をかけ、誰かを呼び出す。

「ああ、俺だ、大滝だ。ジイさん、悪いがすぐにジュールホテルに来てくれ。スイートの七〇三号室だ。…いや、チャカじゃねぇ、刺し傷だ。肋骨んとこに十センチくれぇだな。組の人間にも誰にも知られねぇように頼む」

ベッドに横たわった波瀬は、静かに目を閉じていた。

俺は黙ってソファに座ったままそれを見ていたが、大滝はこちらに気づいて、苦々しい顔をしながら近づいてきた。

「…何だってこんなことを」

感覚が鈍い。

「波瀬…、死ぬの…?」

彼の声が遠い。

「死なねぇよ。お前が刺した傷なんてかすり傷だ。殺すつもりなら、肋骨の間を刺して、刃を一回転させるんだな」

「…よかった。…俺が死ねばよかったんだ。波瀬を刺すんじゃなくて、自分を…」

「バカか!」

目の前で、大滝がパチンと指を鳴らす。

「あんなもん、どこで手に入れた」

「ナイフ…? 戸部が…持ってきた」

「戸部? さっきもそんなこと言ってたな。何でお前が戸部と繋がってんだ」

俺はポケットの中に入れていた戸部の携帯電話を差し出した。

「波瀬が…、父さんを刺したところを見てたって…、言いに来た。これが証拠だって」

携帯を奪うように取り上げ、彼は写真を見た。

舌打ちして、そのまま自分のポケットにしまう。

「これだけか? 他にあるって言ってたか?」

「知らない…。庭にいて、偶然携帯で写真を撮ったって言ってた」

「あの野郎…」

「俺に…、父さんの仇を討てって言って、ナイフを持ってきた」

「それで言いなりになったのか?」

「嫌だって言った。そうしたら、襲われて…、戸部は俺と波瀬のことを知ってて…」

「景一?」

心は動いていないのに、涙だけが溢れてくる。

「信じてた。ずっと。波瀬が来てくれるって。でも、波瀬は来なかった。襲われて、触られて…、悲鳴を上げても、誰も来なかった。だから俺は自分で戸部を刺したんだ」

「襲われたって…、強姦《ごうかん》されたのか？　刺された戸部はどうした？」

「知らない。足を刺したら逃げてった」

「歩いて？」

頷くと、彼は少し安堵した。

「そんなら大したことはねぇな。あいつに突っ込まれたのか？」

俺は首を横に振った。

「押さえ込まれて触られて…、キスされただけ…」

また涙が零れる。

「…ぶっ殺してやる」

ポソリ、と響いた声は、大滝のものではなかった。

遠く、ベッドの上からのものだ。

「お前は黙って寝てろ」

「俺は一人なんだ。波瀬は俺を捨てて行ってしまうんだ。あの椎名って男の方が好きで…、俺はいらないんだ。側にいると言ってくれたのも全部嘘。そう思ったら、全部終わった気がして…」

この手で終わらせてしまいたかった。

何もかも、自分の手で終わらせたかった。

「仇討ちなんかじゃない…。波瀬がいなくなって…世界が壊れてしまうなら、全部壊してしまいたくなっただけだ…。波瀬も、自分も、みんないなくなってしまえば…」

大滝の手が、前のように俺の頭を撫でた。

「最初っから全部説明しろ。どうして椎名のことを知ってるのかも」

それは、以前と同じ手に思えた。

「戸部が…、突然マンションに来たんだ…」

だから俺は全てを話した。

突然戸部が現れたこと、彼が波瀬が父親を殺したのだと言ってきたこと。

大滝が庇っているから組は動けない。ここは息子のあんたが殺すしかないと言ったこと。

波瀬は昔から恋人がいて、今はそいつのところにいるのだと椎名のアパートを教えられ、一人そこへ向かったこと。

椎名と親しくしていた波瀬を見ても、まだ信じたかった。

だから大滝のところへ行って、真実を教えてほしいと思った。

けれど大滝も何も言わなかった。

言えないことがある、とも言ってくれず嘘をついた。

どうして波瀬は自分に会ってくれないのか、誰が自分に真実を教えてくれるのか。

悩み、苦しんでいる時に再び戸部が現れ、携帯で撮った写真を証拠として持ってきた。

殺すしかないと囁かれ、ナイフを渡された。

それでも、自分はまだ信じたかった。

波瀬がそんなことをするはずがない、と。写真のシルエットが波瀬だとわかっていても、何かの間違いだと思いたかった。

だが、そう言って戸部を突っぱねると、彼はいきなり襲ってきたのだ。

ずっと前から好きだった、お前が波瀬とデキてることは知っている。波瀬が自慢してた。一人相手にしたなら二人も一緒だろうと言って。

でも、自分はそんなことはできなかった。

好きでもない男に襲われて犯られるなんて、許せなかった。

助けに来てくれる者もなく、戸部に組み敷かれた時、自分で自分を守ろうと思って彼が持ってきたナイフでその足を刺し追い返した。

誰もいない。

頼る先もなければ説明をしてくれる者もいない。

待っていても誰も来ず、叫んで呼んでも応える者もいない。

自分は知りたかった。

何が本当で何が嘘か。

だから波瀬を探したが、彼は男のところにいた。大滝も訪ねたが大滝も嘘でごまかした。戸部だけが、尋ねもしないのにやって来て、耳障りなことを喋り続けた戸部の言葉だけが、いつも真実だった。

波瀬の居場所も、俺達の関係も、波瀬が殺人の現場にいたことも、波瀬が今日自分を捨てて遠くへ行くことも、あの男の言うことだけが本当だった。

だから、戸部の言葉通り、自分は本当に遊ばれただけなのだと思うしかなかった。

自分は波瀬にとって、いらない存在でしかなかったのだと、受け入れるしかなかった。

「ホームで…、波瀬を見た時。全部終わったんだなぁって思ったんだ。勝手な言い草だと思うけど、家がヤクザだから、俺は親しい友人を作らないようにしていた。子供の頃から慣れ親しんだ人達とは、稲沢の家に引き取られた時に別れてきた。親戚もいないし、母さんも死んだ、父さんも死んだ。それでも、波瀬がいるから、他の全てを引き換えにしても寂しくないと思ってた。なのに、その波瀬が、俺を捨てていくんだ。それは本当のことなんだと思ったら…、全部終わりにしたかった」

俺が話し終えた時、部屋にチャイムが鳴り響いて、医師が到着した。

頭の白い老医師は、大きな鞄《かばん》を手に部屋に入り、すぐに波瀬の治療を始めた。

「何だ、大騒ぎしてた割りには大したことはなさそうだな」

と言っているのを聞いて、本当によかったと思った。

「ごめんね…。俺の世界を終わらせるなら、俺だけが終わればよかったのに、波瀬を道連れにしようとした。俺のエゴだね…」

後は大滝と医師に任せて出て行こう。

自分はここにいてもすることはない。

求められてもいない。

そう思って立ち上がると、大滝が俺の手を取った。

「こっちへ来い。全部話してやる」

「…大滝！」

「うるせぇな。景一はお前にとって死ぬほど大切な恋人かも知れねぇが、俺にとっても可愛い弟なんだよ。このまま行かせたら、こいつは死ぬぞ！　…結局、お前は捨てられんのが怖いだけだ。お前を捨てるか捨てないかは、こいつに決めさせろ」

治療を始めた波瀬をベッドルームに置いて、俺達は隣のリビングへ移動した。

ベッドルームに置かれていたより、もっと大きなソファの真ん中に座らされると、彼は備え付けのエスプレッソマシンでコーヒーを入れてくれた。

「寒いだろ、飲め」

「…もう寒いのかどうかもわかんない」

「じゃ飲め、寒いんだ」

渡されたカップを両手で持ち、一口だけ流し込む。

苦い、と思った。

さっきまで泣いていた口はしょっぱくて、それが書き換えられてゆくようで、苦味は嬉しかった。

「ホントに、お前らはバカだよ。俺に言わせれば、天然記念物並のバカだ」

大滝も自分の分のコーヒーを入れて腰を下ろしたが、コーヒーよりも先にタバコに火を点けた。

「知りたいってんなら、全部話してやる。今度こそ本当に、掛け値なしの真実だ。だがな、真実が必ずしもお前にとっていいことばかりじゃない。波瀬は…、お前の一番大切なものを見誤っていたと思う。俺もお前が何を選ぶかわからない。だから、全部聞いて、お前が答えを出せ。出した答えを、俺が認めてやる」

そう言ってやっと俺の知りたかったことを教えてくれた。

あの夜、何があったのか。

波瀬が何故俺から離れたのか…。


俺が花梨ママの店から戻ってきて、波瀬の来訪を待って一人離れで過ごした夜。

父さんは飲んで、遅くに戻ってきた。

帰って来ると、すぐに波瀬と大滝が呼ばれ、奥の座敷へ向かった。

そこで二人を前に据え、父さんが切り出した。

「景一を渡す先が決まった」

二人は何のことだかわからず、顔を見合わせると、父さんはにやにやと笑いながら言った。

「あれは優香に似て美人だからな、男でもいつか買い手がつくだろうと思ってたんだ。フィクサーの住田は知ってるだろう？　あれがタイに男を買いに行ってると聞いて、持ちかけたんだ。あいつ、二つ返事でＯＫしたよ」

住田は、父さんがレストランで紹介した、あの嫌な感じの老人のことだった。

「顔を見たら偉くお気に入りでな」

父さんが俺を引き取った目的は、家族愛などではなかった。

自分の息子にすれば、手元に置けば、何をしようと誰からも文句は言われない。

大切に、いつか商品として売れる日々を待っていたのだ。

しかも、俺が二十歳になるのも待っていた。

未成年では、保護者の責任が問われる。

だが成人していれば、本人の自由恋愛だ、自分は関係ないと言える。

だから、父さんは二十歳になった俺を連れで、バイヤーの前に引き出した。あのレストランで。自分の息子だから問題は起きませんよと予め説明して。

そのことを二人を前に得意げに話した。

波瀬は、薄々そのことに感づいていたらしい。

それは俺が彼に住田の名前を教えていたからだ。

あの時、波瀬は『おかしい』という顔をしていた。

何故住田と俺を引き合わせたのか、彼は疑問に思ったのだろう。

だから、その取引は止めて欲しいと申し出た。

「そんなことをしなくても、仕事は取ってこれます。景一はあなたの本当の息子じゃないですか」

だが、そんな波瀬を、父さんは嘲笑《ちょうしょう》した。

「知らせる者があってな、お前が景一とねんごろになってることは知っている。初物を渡せないのは問題だが、使えるかどうか試しただけだと言えば何とかなるだろう。男は使わなければすぐに処女に戻る。引き渡しは決定事項だ」

それでも、波瀬は食い下がった。

「あれを、俺にください。本気なんです」

土下座して、頼み込んだ。

その頭を、父さんは踏み付けたのだ。

「青臭いことを言うな。男ならあてがってやる。何なら、引き渡すまで調教してみるか？　立派な犬に仕立てて渡せば、それはそれで住田も喜ぶだろう。それまでだったら、好きに使っていいぞ」

と言って。

父さんは善人ではない、悪党だとわかっていた大滝ですら、怒りを覚えた。

だが波瀬は…。

「外道…！」

と叫ぶなり、頭を踏み付けていた父さんの足を払いのけ、持っていたドスで刺したのだ。


「お前の親父はそんな男だったよ」

大滝は遠くを見ながら呟いた。

俺は、もう涙で顔を上げられなかった。

父親が酷い男だったことが、じゃない。波瀬が自分を想ってくれていたことが嬉しくて、それを疑っていたことが申し訳なくて。

「戸部に写真を撮られたのはその時だろう。だが、その時にはまだ親父には息があった。カッとなって刺しただけだったから。俺は襖を閉め、誰も来ないことを確かめると、波瀬からドスを取り上げて親父の首を切った」

「…何故？」

涙を拭うハンカチは、もう乾いたところがないぐらい濡れていた。それでもまた、後から後から涙が溢れていた。

「確実に殺すためだ。生きていれば、お前は住田の玩具《おもちゃ》に、波瀬は指詰めかコンクリ詰めか、どっちにしろ無事じゃいられねえだろうと思ったからだ。酒が入ってたから、放っといても出血多量で死んだかも知れないが、誰かに犯人を告げられちゃ困るからな」

共犯…、だったのか。

「戸部がお前達のことを知ったのは、その時の会話が聞こえてたのかも知れないが、多分デバガメしてたんじゃねぇかな」

「デバガメ？」

「お前のことが好きだと言ったんだろう？ 夜ばいでもかけようと思ってウロウロしてる時に、お前達の初夜を覗いたんだ。そして波瀬を遠ざけようと親父にご注進した。『知らせる者があって』と言ってたのは戸部のことだろう」

出掛ける時、庭先の戸部に声をかけられたことがある。

掃除か何かをしているのかと思っていたが、あれはストーカーだったのか？ あの夜を、覗かれていたのか？

「波瀬は、警察に自首すると言ったんだ。それを止めたのも俺だ。組長が若頭に殺されたなんてことになったら、組の存続自体が危うい。組員のためを思うなら、自首したい気持ちを抑えるのが筋だと説得した」

「だから、大滝が組長になったんだね？」

「そうだ。あいつは、自分には組を継ぐ資格はないと言った。トドメを刺したのは俺なのにな。そういうところが不器用な男だ」

それが波瀬だ。

過ちを犯していながら利を得ることはできないと言うところが。

「あいつは、景一にとって一番大切なのは家族だろうと思った。だから、そのたった一人の家族である父親を、たとえどんなヤツであろうとも奪ってしまった自分が景一の側にいることは許されないと言って、身を引く覚悟を決めたんだ」

俺のために怒り、俺のために罪を犯し、俺のために身を引いた。

それを聞かされる度に自己嫌悪で胸が痛む。そんな彼に自分は刃を突き立てたのだ。

「椎名は俺の知り合いだ。ホストでな、ヤクザに憧れてるバカだ。だが組の人間とは関係ないし、暫く預かってくれと頼んだんだ。戸部は俺の回りをウロチョロしてたから、椎名のことも嗅《か》ぎ付けたんだろう。言っとくが、あいつは三度のメシより女好きだぜ。ホストは天職だ。ただカッコイイヤクザに憧れてるだけだ」

「どうして…、その人に預けたの？　組に置いておけなかったの？」

「親父を殺してその現場に住むのは辛かろう。それに、手の届くところにお前がいたんじゃ、身を引くも何にもねぇ。かと言って一人にさせとくと、詰め腹切ってお詫《わ》びを、みたいなところがあるからな。自殺防止かな」

一つ一つ皮が剝かれてゆくように真実が明らかになる。

「関西へ行けと言ったのも同じ理由だ。とにかくあいつには監視が必要だと思ったんだ。落ち着いたら、呼び戻すつもりだった」

知りたかったことが全て語られる。

「俺も、波瀬も、お前のことを見くびってたよ。引き離せばすぐに忘れて、次の恋人を探すと思ってた。あいつにしてみれば、真実を知られて『人殺し』とお前に罵《ののし》られるのが怖かったんだろう。姿を消してフェイドアウトすりゃあ、取り敢えずお前の仇にゃならなくて済むし、遠くへ行けばお前が新しい恋人と連れ立ってるところを見なくて済む。…顔に似合わず臆病なのさ」

「波瀬は…、まだ俺を好きでいてくれるだろうか？」

「当たり前だろ。あいつが親父に楯突《たてつ》いたのは初めて見た。それを見たから、『ああ仕方ねえな』って思ったんだ。惚れたヤツを犬にして売り渡すなんて言われちゃ、相手が誰でもキレるさ」

長い、長い話だった。

途中、何度も質問を挟んで、細かく説明してもらった。

もう知りたいことはないと思えるまで。

話が終わると、大滝は最後の一本を取り出し、タバコの箱を潰して捨てた。

放物線を描いた潰れた箱は、見事にゴミ箱の中に消え、彼は深く煙を吸い込んだ。

「さて、謎解きは終わりだ。お前はどうする？　どうしたい？　波瀬と別れるなら、このままあいつを行かせてやれ。警察へ突き出すなら、サッと話し合って内々に出頭させる。だがもし…」

「ここにいさせて」

最後の選択肢を示される前に、俺は言った。

「波瀬の側にいたい。あんなことした俺を許してくれるなら…」

「…そうか。許すに決まってるさ。ちょっと突つかれたくらいで怒るなら、あんなバカな真似はしねぇよ。それじゃまず、ルームサービスとってやるから、メシを食え」

「お腹なんて…」

「空《す》いてようがいまいが、腹に何か入れろ。お前、死人みてぇな顔をしてるぞ」

彼は立ち上がって、ルームサービスのメニューを取ってきた。

「人間腹が減ってるとロクなこと考えねぇからな。寒い、ひもじい、死にたい、だ。暖かくして腹いっぱいになれば、シアワセな考えも浮かぶさ」

サンドイッチを選ぶと、彼はすぐにそれを頼んでくれた。ついでにミルクティーも。

「来たら、ちゃんと食っとけよ」

それから、俺を置いて一旦外へ出て行った。

息がかかっているだけあって、サンドイッチはすぐに運ばれ、一人リビングでパンに齧り付くと、ちゃんとパンの味がした。

当たり前のことなのに、もうずっと食事の味もわからない生活を続けてきた俺は、その味にまた少し目が潤んだ。

時計が回り始める。

時間の経過を感じ、波瀬の治療は長くはないかと気になった。何度も立ち上がり、側に行きたいと思ったが、医師がいるとはいえ一人では彼の前に立つ勇気が出なかった。

絶望的な気持ちで自分の部屋を出たのに、全てを失ったと思ったのに、自分には大切なものが残されていた。でもそれを自分の手で壊したかも知れない。

大滝はああ言ってくれたけれど、自分を刺した人間にまだ心を向けてくれるだろうか?

たとえ父親がどんなに酷い人だったとしても、それが自分の父親だったということは受け入れた。

母が何も語らなかったのは、そんな父の本性を見抜いていたからかもしれない。そして、そんな父親なのだと俺に言うことができないから、口を噤《つぐ》んでいたのかも。

俺の愛する人は、いつも口が重い。辛いことも苦しいことも、みんな言ってくれればいいのに。俺のために黙って一人で耐えようとする。

母の時には最後までそのことに気づかなかった。でも…、今度はそれを知ることができた。たとえ彼が自分を拒んでも、今日までは愛されていた。それならば、彼の謗《そし》りも甘んじて受けなければ。

愚かなのは自分なのだから。

どんなことでも耐えられる。孤独に追い落とされたあの暗闇《くらやみ》に勝る苦しみはない。

「波瀬…」

ベッドルームへ続く扉を見つめながら、俺は腹を満たした。

ちゃんと、彼と向き合って、彼と話をするために…。


「お前達に必要なのは、腹を割って話し合うことだ。戸部のことは俺に任せろ。お前は何もするな。この部屋は一週間借りてやったから、ここでゆっくり休め」

治療の終わった波瀬の枕元《まくら》で、大滝は子供に説教するように言った。

「関西の方も、俺から断っておく。お前は休暇が終わったら、戻って俺の右腕になれ。ついでに、これは俺からの見舞いだ」

そう言って、わざわざ出かけてまで買い求めてきた紙袋を、枕元に置いた。

波瀬は受け取って中を覗いたが、不機嫌そうに眉をしかめたところを見ると、あまり嬉しいものではなかったようだ。

それから、駆けつけてくれた医師と共に、帰って行った。

俺の頭を撫でて。

二人きりで残された部屋。

何と声をかけていいかわからず、ベッドから少し離れたところからじっと彼を見下ろす。

布団をかけていないのは傷に障るからか、治療に邪魔だったからか。そのせいで、彼の裸の上半身と腹に巻かれた包帯がよく見えた。

「…顔が見えない。側へ来てくれ」

乞われて近くへ寄る。

波瀬が俺に手を伸ばすから、浮いた手を両手で握った。

「…痛む？」

「麻酔を塗られたから痛みはない」

「傷…、深い？」

「皮膚を切っただけだが、一応縫ってもらった。すぐにでも動ける」

起き上がろうとする身体を慌てて押し止どめる。

「動かないで。傷が開いたら…」

今更ながらに、自分のしでかしたことの恐ろしさに手が震えた。

「俺が…、付けた傷だ…」

「気にするな、これくらいの傷、怪我《けが》にも入らん」

「嘘ばっかり…。いつも…、いつも波瀬はそうだ。俺に何にも言ってくれない。辛いことも、苦しいことも、望んでることも、何にも。だから俺は波瀬の気持ちがわからなくて…」

また涙が溢れる。

泣いてばかりだ。俺は泣き虫になった。

「泣くな。お前に泣かれるとどうしたらいいかわからん」

「だって…」

もう一方の手が伸びて、濡れた頬に触れる。

「全部、聞いたか…」

俺は黙って頷いた。

「俺はお前の父親を殺した。そのことでお前に恨まれても仕方ないと思ってる」

「恨んだりしない…！　俺のためでしょう？」

「だが事実は変わらない。そのことでお前が俺を憎むのは仕方ない」

「そんなこと言わないで…！　憎んだりしない、出来るわけがない。波瀬のしたことを恨むなら、俺がしたことだって波瀬に恨まれても仕方がない。俺のために身を引いてくれたのに、この手で…」

あなたを傷つけた、と最後まで言えなかった。

「手を貸せ」

彼は身体をずらし、重なった枕にもたれかかるようにして上半身を起こした。

「俺を許せるか？」

「許すなんて…。助けてくれたんでしょう？　もし波瀬が何もしなかったから、俺は今頃あの住田という男の下へ送られ、何をされていたか…」

戸部の手が触れた時の嫌悪感を思い出すだけでも身体が震えるというのに。

「誰にも、渡したくないと思った。拾ってもらった恩人だと思っても、自分の上に立つ人だと思っても、お前を物のように扱い、あんな下卑た男に平気でくれてやろうとする稲沢が許せなかった」

いつも親父と呼んでいたのに、彼は父さんを『稲沢』と呼び捨てた。

彼の中で、父さんに対する何かが変わったのだ。

それは、俺よりも長く親分として、恩人として、父さんを優先させ、気遣っていたことを捨てた証《あかし》かもしれない。

「だが、しでかした後で、自分がもうお前の前に立てなくなったのだと気が付いた。許されないだろう、なじられるだろうと思った」

「そんな…」

「お前の姿をホームで見て、その手に握られてるナイフを見た時、正直これで楽になれると思った。お前に刺されるならいい。これで罪が終わる、俺はまた間違えた。刺したお前がどれだけ辛いかを考えず、自分だけが楽になりたかったんだ」

波瀬…。

「お前を逃がして、お前のいないところで倒れるつもりだった。だがそれでも、お前はきっと苦しんだだろう。俺は…、バカな男だ。お前を辛い目にしか遭わせていない。なのにこうして手の届くところにいてくれる」

「当たり前だよ。俺の方が追いかけてきたんだ。捨てられたくなくて…」

「俺を許してくれるなら…、もう一度お前が欲しい」

だから、こんな言葉をくれるのかも。

「…波瀬」

「もう離せない、離したくない。俺のものになってくれ」

真っすぐに俺を見つめる目に、また涙が零れてしまう。

波瀬が、こんなにもはっきりと自分を求めてくれる。勢いに流されるのでもなく、我慢が切れたというのでもなく、落ち着いた声できっぱりとした口調で。

「…泣いてばかりで目が溶けるぞ」

「だって…、嬉しくて…」

頬に触れていた手が顔を引き寄せて唇が重なる。

彼の舌が自分の舌に絡まる。

全てを失ったと思った。

そのせいで傷ついて、苦しんだ。

でも、一番欲しいものは、唯一失いたくないものは、この手に戻ってきた。それが嬉しくて、また涙が零れた。

「…しょっぱいな」

「…ごめん」

顔だけでなく、身体ごと抱き寄せられ胸に顔を埋める。

「次は優しくすると言ったが、出来そうもないな」

「…波瀬？」

「もう一度、お前を抱いてもいいか？」

言葉の意味に気づいて、顔が上げられなくなる。

「怪我をしてるのに…」

「大した怪我じゃない。それより、お前が欲しい。もう、二度と触れられないと思ってたから、キス一つで我慢はできない」

「ダメだよ、傷が開いたら…」

「野添はそれほどヤブじゃないさ。それとも…、嫌か？」

狡い。今そんなふうに訊かれて拒めるわけがない。

俺だって、ずっとその手を求めていたのだから。

「嫌じゃないけど…、傷が…」

それでもぐずっていると、彼は俺の顎を捉えて上向かせた。

「大丈夫だが、心配なら協力してくれ」

目が我慢できないと訴える。

その視線だけで、身体が疼《うず》く。

「…協力？」

「ほんの少しだけだ、頼む」

俺は、波瀬の言葉に逆らえなかった。


俺達は罪人だと思う。

決して綺麗な身体ではない。

彼は人を殺したし、俺は二度までも人を傷つけた。

そのことは罪として心の底にしこりとなって残り続けるだろう。

それでも、欲望は消し去ることができなかった。

罪を犯してでも守りたいと、手放したくないと思う相手にやっと手を伸ばすことが許されたから。

一度は諦めた恋が再び戻ってきたから、我慢ができなかった。

口づけ一つで簡単に何もかもが頭の中から消えてしまう。

波瀬は、ずっと自分の側にいた。

初めて迎えに来てくれた時から、大滝と二人で俺を気遣ってくれた。むしろ、積極的に言葉をかけてくれたのは大滝だった。

けれど、次の用件ができて俺の前から離れると、俺のことなど忘れてしまう大滝と違って、波瀬はいつも別れ際にちらりと俺を見た。

戻ってきた時にも、俺のことをずっと考えていたような言葉もくれた。

時計もそうだ。

この年頃の者が欲しがるだろうというゲーム機をくれた大滝と、自分でアピールしたとはいえ、俺の言葉を聞いて、俺の欲しいものを贈ってくれた波瀬と。その違いが、いつしか俺の目を、波瀬だけに向けていたのだ。

それでも、彼は俺に近づいてくれなかった。

親分である俺の父親に気兼ねしてか、ヤクザの世界に関係ない俺がヤクザの自分とかかわることを恐れてか、男同士という世間に受け入れられない関係を結ばせることを心配してか。

俺が幼な過ぎて、好きだという言葉を信用できなかったのかも知れない。子供だから、彼の性欲を受け入れられないと思ったのかも知れない。

とにかく、ずっと彼は俺から距離を取っていた。

近づけば逃げる。離れれば追ってくれるのに、その距離を詰めようとはしなかった。

俺には何も望まず、何も教えず、何も見せず、ただ離れたところから俺を見ているだけだった。

その波瀬が、俺を求めている。

「下を脱いで、上に乗ってくれ」

「下って…、全部…？」

「ああ」

迷いも遠慮もない要求。

でも俺は応えてしまう。もう子供でもなく、彼を失うこと以外に拒むものがないのだから。

デニムを脱ぎ、下着を脱ぎ、きちんと畳んで近く椅子の上に置く。

裾《すそ》の長いシャツを着てきてよかった。脚を出した格好でも、一番恥ずかしい部分は隠れる。

その裾を押さえながら、ベッドに横たわる波瀬の太腿の上に足を開いてぺたりと座った。

肌に直に触れる彼のズボンの布の感触。

「脱いでる姿を見るのもいいが、この手で脱がせたかったたな」

伸びてきた手がシャツの裾から中へ入り込む。

握られるだけで、身体が反応する。

「俺のも開けてくれ。もう我慢できない」

膨らんだ彼の股間に手を伸ばし、ベルトを取り、ボタンを外し、ファスナーを下ろす。

初めて、彼自身に触れ、下着の中から引き出す。肉体の感触は生々しく、手が震えてしまう。

その間にも、彼の手は止まらず俺を煽り続けていたが、ここで手は離れた。

「何を寄越すんだと思ったが、もらってよかったな」

そう言うと、彼は枕元に置いていた紙袋を手にした。あれは、帰り際に大滝が置いて行ったものだ。

波瀬は中を見て顔をしかめていた。

中身は…。

「付けてくれ」

コンドームだった。

「波瀬のに…？」

「ああ」

開けた箱から小さな袋を取り出し、投げ渡される。

自分でも付けたことがないのに、先に他人のに付けることになるなんて。

パッケージを破り、彼の硬いモノの先端に載せる。滑りをよくするためのグリースで手を汚しながら、彼の形をなぞるようにクルクルと纏《まと》わせる。

「手を前について、顔を俺の方へ。もう少し上へ来い」

「傷が…」

「傷があるから、腰は浮かせておけ」

「ん…」

顔を差し出すと、唇が重なる。

手をついて腰を浮かせていると、もう一つ袋の中に入っていたものが、俺を濡らした。

「あ…」

彼の手のひらが、俺の下半身に触れる。

ローションのぬるぬるとした感触を塗り広げるように。

「もっと上に」

指が、つい、というように先を中へ入れる。

「あ…」

痛みはなかった。

使われた液体のせいだ。

「や…、力が抜ける…」

指先だけを入れたり出したりしながら、そこを弄られる。快感ではないのだが、変な気分だ。

「大人だな…」

波瀬は笑った。

「いやらしい顔をしてる」

喘ぐ俺を見て、満足そうに。

「…いや？」

「何故？」

「だって…、波瀬は…、俺がまっとうな子供でいることを望んでたから…」

「まっとうな人間だってセックスぐらいするさ。子供じゃねぇ方がいいな。でないと抱けない」

くちゅくちゅと、いやらしい音が響く。

男ならばしないはずの音だ。

「それに、いやらしい顔の方がそそる」

俺の見えないところで彼がまた液体を足し、もう一度濡らす。

今度はさっきよりも深く、指が入り込んできた。

「あ…、あ…」

「締め付けるな」

「無理…」

「ひ…ぁ…」

「戸部に…どこまでされた？」

「そんな…」

「悔しいから知りたい。…そうか」

ふっ、と彼が口元を緩めた。

「前にお前が言ってたのはこういうことか。確かに、自分が惚れた相手に他人が触れたかと思うと、腹立たしいな」

つぷ、と指が深くなるので、俺はついに身体を支え切れず、肘を曲げた。

「俺の肩に顔を載せろ」

指示され、彼の肩に顎を載せ、首に抱き着くようにする。

下を弄っていたのとは違う方の手が、胸に触る。

突起を摘まれ、軽くねじられる。

前の時は、されることの全てを、自分の性器が彼の手に伝えてしまった。

今度は前には触れられていないけれど、彼の指を咥《くわ》えた場所がヒクついて快感を教えてしまう。

「胸に触られたか?」

耳元に声。

「…少し」

指が俺を攻める。

「下は?」

「握られ…た…」

「こんなふうに?」

言いながら、胸を弄っていた手が前を握る。

「…あ…っ」

「感じたか?」

「そんなわけない…。気持ち悪くて…、怖くて…」

優しく握る手に、声が上ずる。

「…耳を舐められて…」

耳に唇が触れ、耳朶《じだ》を舐められる。

「…助けてって思ったけど…、誰もいないから、自分で守らなきゃって…。だからナイフを…」

「すまなかった」

鼓膜を震わせる低い声が謝罪を告げた。

「怖かっただろう。俺がいたら、ブチ殺してやったのに」

物騒なその言葉が、嬉しい。

「二度と誰にも、お前に触れさせない」

恐怖は味わったけれど、それを慰め、癒《いや》す相手がここにいる。

都合よく助けがくるなんてことはなかったけれど、俺が逃げて戻る先はある。

「お前は俺のものだ」

その一言が示すように。

俺がもうすっかり自分では身体を支えることができなくなってしまうまで、時間をかけて十分に下を解《ほぐ》すと、波瀬はやっと指を抜いた。

自分で濡れてしまったように、そこはたっぷりと湿っている。

それでもまだ足りないというように、彼はまたローションを足し、濡れた手で前に触れた。

大きな手に包まれただけで、しがみついていた手に力が入る。

「波瀬…もう…」

腰を上げていられない。

傷の上であっても、腰を下ろしてしまいそうだ。

「身体を起こせ」

「指…、抜いてくれないと…」

「仕方ねぇな」

指が抜かれるから、何とか身体を起こす。

波瀬の手が腰を捉え、彼の腰に照準を合わせる。

「手で、俺を握れ」

コンドームに包まれた彼は、さっきよりも大きく、硬くなっていた。

「自分の入口に合わせろ」

と言われても、自分の入口がどこなのかわからなくて、濡れた場所に彼の先端を擦り付けるだけを繰り返す。

「焦らすな」

「焦らしてるわけじゃ…」

「あんまり焦らされると我慢がきかなくなる」

「場所…、わからなくて…」

辛抱できないというように、手が場所を合わせる。

「そのまま腰を落とせ」

「う…」

場所は合ったが、腰を落としただけではそれを受け入れられない。

「無理…、入らない…。大っきくて…」

いやらしい波瀬の顔。

「『大きい』は男にとって褒め言葉だな」

ああ、本当だ。

欲望が表に出た顔は、そそられる。彼が自分のために見せているのかと思うと、余計に。

「先だけでいい。腰を落とせばその先は勝手に入る」

「嘘ばっかり…」

「ほら、これで入るだろう」

周囲の皮膚を彼が引っ張って穴を広げる。

こわごわと腰を下ろすと圧迫感があって、彼が押し当てられる。

そのまま座ったら折れてしまうんじゃないかと変な心配をしたが、彼は硬く、容赦なく俺に侵入し

てきた。

「あ…」

自然と口が開き、息苦しさを感じる。

苦しくて、支えるものがなくて、前のめりになった身体がゆらゆらと揺れる。

「だめだ…」

ポツリと波瀬が呟き、身体を起こした。

「だめ…、傷が…」

「多少動いても大丈夫なようにしっかり縫ってもらってある。本当は、お前に負い目を感じさせねぇようにそうしてもらったんだがな」

俺を抱き支え、シャツを剝ぎ取り、胸を舐める。

「それに、今ならまだ麻酔が効いてる」

全裸になった俺を、波瀬がむしゃぶり尽くす。

「後で痛みが…」

「後のことなんぞどうでもいい。今、お前が欲しい」

舌が胸を転がす。

背中に回った指が、もっと深く入れようと、途中で止まった場所を開く。

「ひ…っ」

俺は彼の背に手を回し、何とか仰向けに倒れないように、指を立てた。だが指だけのつもりだったのに、彼が激しくなるにつれ、爪《つめ》を食い込ませてしまう。

傷つけたくないと力を抜けば腰を責られ、反射的にまた力が入る。

この間より、痛みは少なかった。

彼がそこを慣らしてくれたおかげだろう。

だが痛みが少なければ快感が強まる。

シーソーゲームのように。

「いや…、だめ…っ」

波瀬が、乳首を軽く噛み、それを癒すようにまた舐める。

もう抜けないぐらい深く繋がったと見ると、手はもう一方の胸にも触れた。

「あ…、だめ…っ。倒れ…」

「倒れろよ」

襲いかかるように、彼は俺を抱きかかえたまま仰向けに押し倒した。

「い…っ！」

繋がる角度が変わって、痛みが走る。

「…もう我慢できねぇ」

「だめ…傷が…」

「どうでもいい」

脚を抱え上げられ、腰を膝に乗せられ、上から突くように彼が入ってくる。

「ひ…っ！」

もう、彼を気遣う余裕などなかった。

逞しい彼の筋肉に爪痕をつけ、必死にすがりついても、動きが激しくなる波瀬の身体から手が離れてしまう。

「や…ぁ…」

脚を持って俺を引き寄せ、また貫く。

手が、おざなりになっていた俺のモノを握り、扱き上げる。

内にくすぶっていた欲望が、突破口を見いだしたかのように、そこに集中する。

「あ…、あ…っ」

目眩がする。

頭の中が白く光って、灼《や》けるようだ。

「景一」

苦しさの中目を開けると、そこには見たことのない波瀬の顔があった。

荒々しい男の顔でありながら、苦しげに歪んだ顔が。

彼が、俺で感じている。

昂《たかぶ》って、我慢できない。

いいや、もう我慢なんてしなくていい。好きなだけこれを味わうという顔だ。

「波瀬…」

優しくなくてもいい。

傷ついてもいい。

波瀬の思う通りに俺に接して欲しい。優しいだけの男を好きになったんじゃなくて、俺に向けられる波瀬の無骨な気持ちに惹かれたのだから。

遠慮なく摑み取られることは、俺にとって幸福だ。

「波瀬…」

ホテルの高級なベッドが波のように揺れる。そのせいで平衡感覚がおかしくなって、世界が回ってるみたいだ。

その世界の真ん中に、波瀬の顔があった。

「ひぁ…っ！」

グッと更に奥に彼が侵入し、その顔が近づく。

肉厚の唇が俺の顎を濡らし、唇に重なる。

「ン…ッ！」

その瞬間、俺は彼の手を汚した。

悲鳴を飲み込むように、彼の舌が俺の口腔《こうこう》を嬲っている最中に。

そして俺の中にいた波瀬がぶるっと震えるのを感じた。

険しかった彼の顔が緩んでゆく。

唇が離れ、もう一度俺の名前を呼んだ。

「景一…」

それは甘く、切なく、俺の心も震わせた…。


翌日、昼過ぎに顔を出した大滝は、ベッドに横たわっているのが波瀬ではなく俺になった理由をすぐに納得した。

だが、それについてからかうようなことはしなかった。

「必要だと思ったんで持ってきた」

と、俺と波瀬の着替えを差し出した。

いかにも『しました』といわんばかりで、恥ずかしい。

「こいつは、野添のジジイから、痛み止めだ。傷、開いてねぇだろうな？」

「ジイさん、案外名医だ」

その会話も、傷が開くようなことをしてただろう、と言われてる気になってしまう。

「ぬけぬけと。…菊王会《きくおうかい》には、断りを入れておいたから」

菊王会とは聞いたことのない名だが、きっと波瀬が行くはずだった関西の組のことだろう。

「そうか」

波瀬は俺の傍らでタバコをふかし、無表情のまま頷いた。

「それだけかよ。色々鼻薬効かしたんだぜ」

「すまんな」

「…お前の給料から天引きしてやる」

それから、大滝は俺の枕元へ近づき、そっと頭を撫でてくれた。

「こんなのでよかったのか？　今ならまだ乗り換えたっていいんだぜ。クーリングオフってのがあるんだから」

冗談めかしたその言葉に、俺は首を振った。

「波瀬がいい」

答えに微笑むその顔は、まるで本当の親か兄のように優しかった。

「そっか。タデ食う虫も好き好きって言うもんな」

「誰がタデだ」

「お前だよ。硬くて虫も食わねぇような硬い葉っぱでも食う虫はいるって意味だろ？　ぴったりじゃねえか」

そうなんだ。

よく耳にしたことはあるけど意味まではわからなかった。

大滝はすぐに俺から離れ、自分にも一本寄越せとタバコを要求すると、波瀬のから火を貰ってその隣でタバコを咥えた。

「稲沢の親父を殺った犯人、警察にタレこんだぜ」

ドキッとして身体を起こす。

どうして？

大滝は俺達を認めてくれてたんじゃないの？　それとも、務めを果たしてからまとまれって言いたいの？

だがそうではなかった。

「出元がわからねぇように、『どうも戸部が怪しい』ってサツに吹き込んだ。都合のいいことに、あいつだけその時間のアリバイがねぇからな」

庭に潜んで現場の写真を撮った戸部。

確かに、その時誰にも姿を見られることはなかっただろう。

「戸部が捕まったらおしまいだろう」

「捕まらねぇよ」

大滝は意味深に笑って見せたが、それ以上は何も言わなかった。波瀬も重ねて尋ねるようなことはしなかった。

そして俺も。

大滝が戸部に何をしたのかとか、戸部がどこにいるのかは訊かなかった。たとえ悪い考えが頭を過《よぎ》っても。

「お前の処遇だが、一カ月は休みをくれてやる。だがその後は戻って来い」

「俺に戻る資格はない」

「資格があろうとなかろうと、そんなもんは知ったこっちゃねぇんだよ。代替わりが早すぎた。うちはこれから色々と忙しくなる。それを全部俺一人で処理しろってのか？」

大滝は波瀬の顔に正面から煙を吹きかけた。

「うまくまとまったのは俺のおかげだろう。少しは助けようって気になれよ」

「景一がいいと言ったらな」

「他人にケツを回すな。景一！　お前は反対か？」

遠くから、彼が俺に問いかける。

俺は痛む腰に障らないよう、ゆっくりと身体を起こした。

「俺はどうでもいい。波瀬を選んだ時から、全部納得してる」

「ほらみろ、景一のがよっぽど肝が据わってるじゃねぇか」

波瀬は、吸っていたタバコを消し、起き上がった俺の隣に腰掛けた。

「本当にいいのか？」

回された手が、俺の肩を抱く。

「いい。俺は『普通の人』でいるより、波瀬の恋人でいたい」

それがどんな意味を含んでいるか、わからないわけではなかった。

籍を入れていなくても、父親がヤクザの組長であるというだけで、周囲と距離を置かねばならなかったり、万が一を警戒しなくてはならなかったことは経験している。

波瀬が大滝の右腕になるのだとすれば、その恋人でいるということは同じ状況に置かれるということだろう。

それでも、俺は自分を抱き寄せてくれる手から逃れたいとは思えなかった。

自分達を大切にしてくれた大滝を一人組に残して、彼に『ヤクザを辞めて』とも言えなかった。

「わかった。覚悟があるなら付いて来い」

安全なところに置いて行かれるより、その言葉の方が何百倍も嬉しい。

「で、これからどうすんだ？」

仲睦《なかむつ》まじい俺達に、不機嫌そうな声で大滝が問いかける。

「どうするって？」

答えたのは波瀬だ。

「お前達だよ。あの家に戻ってくるのか？」

「あそこには戻らない。お前が用意してくれた景一のマンションへ俺も移るつもりだ」

「景一はまだ大学が残ってんだろう？」

「こいつを一人にしておくのが心配だ」

「過保護」

「かもな」

波瀬が笑う。

「だがもう離れている理由が一つもない。当然のことだ」

俺の隣で、俺を抱いて。

タバコの匂いが、彼の近さを伝えてくれる。

「わかったよ。じゃあそっちの方で手配しとく。いいか、景一は俺にとって弟みたいなもんだ。バカみたいにガッついて壊すなよ」

「善処しよう」

「誠心誠意だ。いいな」

「…ケダモノめ」

「善処だ」

「自覚はある」

それがどれほど幸福か、きっと二人には伝わっているだろう。

だから、大滝は黙って立ち上がった。

見交わして、唇を重ねる俺達を置いて。

「もう逃がしてやることもできないからな」

と言う、波瀬の言葉も聞かずに…。

あとがき

皆様、初めまして。もしくはお久しぶりでございます。火崎勇《ひざきゆう》です。

この度は、『罪人《とがびと》たちの恋』をお手にとっていただき、誠にありがとうございます。

そして素敵なイラストをつけて下さったこあき様、ありがとうございます。担当のO様、色々とありがとうございました。

ここからネタバレ有りなので、お嫌な方は後回しで読んでくださいね。

さて、このお話、いかがでしたでしょう?

波瀬《はぜ》と景一《けいいち》、やっとまとまりましたねぇ。景一も、波瀬が古臭い男だから苦労してしまって、可哀想に。

好きだと思ったら、さっさとさらって逃げてしまえばよかったのに。義理と人情の板挟みで己を殺してウダウダ悩んでるから…。

大滝《おおたき》はそんな不器用な波瀬を『仕方ねぇなあ』と思って、つい面倒見てしまうのです。

そして景一は、本当の弟というか、自分も真っすぐ育ったらこんなふうになれたかなぁという憧れの目でみていました。

なので、その二人の恋愛が上手くいった今、ほっと肩の荷が降りた感じ?

きっとこれから彼の恋の花が咲くのではないかと。

彼が受か攻かは謎ですが…。

そして主人公の二人。

波瀬が組長殺しだということが秘密な以上、彼は組から追われる理由がない。

なので彼が組から出て行ったのは、大滝が組長になったことに遠慮し、落ち着くまで距離をとったと受け取られるでしょう。

その間、波瀬は景一のマンションで一緒に暮らし、甘い新婚生活を送ります。

ただし、古臭い人間なので、小言大王だと思います。「勉強しなさい」「掃除しなさい」「寄り道しないで帰ってきなさい」等々、教育してるんだか独占欲なんだかわかんないようなことを口うるさく言う。

景一は昔みたいで嬉しいと思うだけでしょうが。

ただ、夜のケダモノぶりは、景一としても予想外なのでは？

真面目でも、波瀬は大人の男だし、色々経験もあったろうし…。

で、作中でも書いたように、一カ月ぐらいすると、大滝から連絡が入る。

「もういいだろ、戻ってきて手伝えよ！」

そこで波瀬はやっと組に戻る。

景一も組に戻りたがるけれど、二人がそれ許さないでしょう。大滝としては前組長の息子なんて騒ぎのもとという意識なんですが、波瀬は景一が他の奴等に手を出されるんじゃないかと心配で。

だから、彼はちゃんとしたサラリーマンになるんじゃないかなぁ。

アブナイおじさんに目を付けられたくらい美形なのですから、会社員になってからもそっち系のトラブルとかありそう。

取引先のオヤジに言い寄られたりとか、同僚や先輩に迫られたりとか。でも景一が相談するのは大滝です。だって、波瀬の怖さはよく知ってるから。

もしも景一が拉致られたりしたら…。

大滝は警戒してて「景一め、やっぱりこうなったか」とか言って出掛けようとすると、その背後から「…やっぱりって何だ」と、ズゴゴゴ…みたいな効果音を伴って波瀬が。

そして危機一髪のところで乱入し、いつもの単なる堅物の波瀬から、バリバリヤクザ者の迫力で「テメェ、殺すぞ」みたいな…。

しかも無事救出して連れ帰ると、「どうして俺に言わなかった」とお説教プラス夜の責め苦が(笑)。まあ、景一にはそれも幸福なのかも。

大滝の苦労は尽きないのかも知れません。

それではそろそろ時間となりました。またの会う日を楽しみに、皆様御機嫌好う。

LYNX ROMANCE

青《あお》いイルカ

火崎勇　illust. 神成ネオ

898円
(本体価格855円)

交通事故で足を骨折した会社社長・樹の元にハウスキーパーとしてやってきたのは、波間という若い男だった。最初は仕事が出来るのか訝んでいた樹だったが、その完璧な仕事ぶりから、波間は樹にとって手放せない存在になっていく。波間の細かい気配りや優しさから、波間に惹かれた樹は、彼と恋人の関係に持ち込むことに成功する。そんな中、会社役員の造反から、樹の会社が存続の危機に陥ってしまい…。

LYNX ROMANCE

秘《ひ》書《しょ》喫《きっ》茶《さ》 ―レイジータイム―

火崎勇　illust. いさき李果

898円
(本体価格855円)

アメリカでミラーという老人の秘書をしていた冬海は、彼の外子である真宮司と恋に落ちた。しかし、ミラーから真宮司が、冬海とミラーのどちらを選ぶかという賭けをさせられ、冬海は負けてしまう。そのことがきっかけで真宮司と別れ、帰国した冬海は、賭けの代償として貰ったお金で、秘書と出会えるカフェ―秘書喫茶を開く。店は軌道に乗っていたが、突然真宮司が現れ、秘書を寄越して欲しいと依頼してきて…。

LYNX ROMANCE

秘《ひ》書《しょ》喫《きっ》茶《さ》 ―ビジネスタイム―

火崎勇　illust. いさき李果

898円
(本体価格855円)

亡き父の跡を継ぎ社長となった鮎川は、社内の反対派に無能な秘書を付けられてしまう。秘書の仕事まで自分でこなし頑張っていた鮎川だったが、疲れが見え始めていた。そんなとき、秘書喫茶という場所を紹介され足を向けた鮎川はそこで大倉というモデルのような人物に出会う。有能すぎる大倉を最初はお試しでプライベート秘書として雇うことにした鮎川。しかし、仕事の出来る大倉と毎日過ごすうち、鮎川は彼に惹かれてゆき…。

LYNX ROMANCE

カウンターの男《おとこ》

火崎勇　illust. こあき

898円
(本体価格855円)

バーテンダーの安積は、自分の店の前で怪我をして倒れていた、ヤクザ風の男をなりゆきで助けてしまう。手当ての後、男は財布だけを残し姿を消した。しばらく後、仕事中に客から言い寄られて困っていた安積の前に、助けた男が姿を現す。困った安積は、蟠蛇と名乗るその男に恋人のフリをして欲しいと頼み、しばらく仮の恋人ということになった。しかし、恋人のふりを続けるうち、安積は蟠蛇に惹かれていき…。

LYNX ROMANCE

優《やさ》しい痛《いた》み　恋《こい》の棘《とげ》

火崎勇

illust. 亜樹良のりかず

898円
（本体価格855円）

照明器具デザイナーの蟻田は、仕事相手の斎藤に口説かれ、恋人となった。しかし気が強い蟻田は、素直に斎藤に甘えることが出来ずに悩んでいた。そんなある折、都心の廃校を買い取ってレンタルオフィスにするから、引っ越してこないかと斎藤に誘われ、蟻田はオフィスを移ることにする。だが日中いつでも会えるようになると喜んでいた蟻田の期待は裏切られ、生粋のゲイである斎藤狙いの男たちが、オフィスの中に沢山いて…。

LYNX ROMANCE

ブルーブラッド

火崎勇

illust. 佐々木久美子

898円
（本体価格855円）

アラブの小さな国の王子であるイウサールは、子どもの頃出会った八重柏という綺麗な男に恋心を抱き告白した。その返事の「大人になってもまだ好きだと思ったら、自分のところにおいで」という彼の言葉を信じ、イウサールは数年後、日本にいる叔父のマージドを頼って訪日する。変わらず美しかった八重柏に改めて告白し、イウサールは彼を抱こうとしたが、なぜか逆に組み敷かれ、抱かれてしまい…。

LYNX ROMANCE

ブルーデザート

火崎勇

illust. 佐々木久美子

898円
（本体価格855円）

スポーツインストラクターで、精悍な面立ちの白鳥卓也。従兄弟の唯南に頼まれ彼の仕事に同行した卓也は、アラブの白い民族衣装に身を包み、鷹のような黒い瞳を持つ、マージドと出逢う。仕事の依頼主で王族の一員だというマージドの話し相手を務めることになった卓也だが、彼から口説かれ、二人きりで行動するうち、徐々に惹かれていく。そんなある日、マージドの国の後継者争いに巻き込まれ、卓也は誘拐されてしまい──。

LYNX ROMANCE

ブルーダリア

火崎勇

illust. 佐々木久美子

898円
（本体価格855円）

外資系IT企業に勤める白鳥は、頭脳だけが取り柄。白鳥は、マンションの隣の部屋に住み、ワイルドで男らしく頼りがいがある便利屋の東城に恋心を抱いていた。ある日、白鳥の部屋が何者かに荒らされ、引っ掻き回されていた。東城に助けを求めた白鳥は、彼の部屋に暫く居候させてもらうことになる。思いがけない展開に胸を高鳴らせる白鳥だったが、喜びも束の間、二日後会社に行くと更に大きな事件が起きていて──。

この本を読んでのご意見・ご感想をお寄せ下さい。

〒151-0051
東京都渋谷区千駄ヶ谷4-9-7
(株)幻冬舎コミックス　リンクス編集部
「火崎《ひざき》 勇《ゆう》先生」係／「こあき先生」係

リンクス ロマンス

罪人《とがびと》たちの恋

2013年2月28日　第1刷発行

著者……………火崎《ひざき》 勇《ゆう》
発行人…………伊藤嘉彦
発行元…………株式会社　幻冬舎コミックス
〒151-0051　東京都渋谷区千駄ヶ谷4-9-7
TEL 03-5411-6434（編集）
発売元…………株式会社　幻冬舎
〒151-0051　東京都渋谷区千駄ヶ谷4-9-7
TEL 03-5411-6222（営業）
振替00120-8-767643
印刷・製本所…共同印刷株式会社
検印廃止

ISBN978-4-344-82751-6 C0293
Printed in Japan

幻冬舎コミックスホームページ　http://www.gentosha-comics.net

本作品はフィクションです。実在の人物・団体・事件などには関係ありません。